El Héroe Dentro de Ti

Volumen Dos

Poder

Yeral E. Ogando

Poder: © 2017 por Yeral E. Ogando
El Héroe Dentro de Ti - Volumen Dos
Editor: Christian Translation LLC
Impreso en los Estados Unidos
Diseño de la Cubierta por SAL media

Biblioteca del Congreso, Datos del Catálogo en Publicación
Ogando, Yeral E.

Título: /Poder
ISBN 13: 978-1-946249-03-6 (libro de bolsillo)
ISBN-10:1-946249-03-3

1. Serie Ficción 2. Guerra Espiritual 3. Cristiano .4. Inspiración
Título. Número de Control de la Biblioteca del Congreso: 2016916500

DEDICATORIA:

Este libro está dedicado a la Única persona que ha permanecido a mi lado, y que siempre ha estado allí para mí, no importa lo obstinado que haya sido:

DIOS

También quiero dedicar este trabajo a los que han leído *CONCIENCIA* y estaban esperando para leer *PODER*. Muchas Gracias por sus comentarios e ideas. Sin ustedes no habría estado aquí.

Todos ustedes tienen un lugar especial en mi corazón.

Siempre.

AGRADECIMIENTOS:

Gracias Dios, por darme la fuerza para escribir el segundo volumen de la serie "El Héroe Dentro Ti."

Gracias a mi editora, Sharon A. Lavy y SAL media por el "Diseño de Portada" por hacer un gran trabajo, ayudándome a perfeccionar este libro.

Ha sido un viaje increíble después de haber completado *CONCIENCIA* y continuar la serie con PODER.

Gracias a mi padre, Héctor, mi hermana Estaunis y a mis hijas, Yeiris y Tiffany por permanecer a mi lado a través de esta nueva experiencia. Saben que los amo.

Gracias a todos por su continúa oración y apoyo a lo largo de esta segunda experiencia, especialmente a aquellos de ustedes quienes estaban ansiosos por comprar *PODER* y saciar esa sed dejada por *CONCIENCIA*.

Porque si un hombre se cree alguna cosa, cuando no es nada, se engaña a sí mismo. Gálatas 6:3 (KJV)

Capítulo 1

Se recostó en su silla en la sala de emergencias, los tímpanos de Anthony Markson se sentían como si fuesen a explotar por el dolor. El extraño sonido en el edificio resonaba en sus oídos, y casi ahogaba las cosas que necesitaba desesperadamente escuchar. Como las preguntas que le habían hecho el médico y la enfermera.

Los otros dijeron que no podían recordar más que el horror y la oscuridad que habían pasado en la habitación cerrada con llave.

Pero Anthony recordaba todo y le daba vergüenza haber llevado a su equipo a semejante trampa.

Mientras que algunos en el equipo estaban gravemente heridos, tuvo que admitir que su peor lesión era su orgullo.

El orgullo viene antes de la destrucción. Qué bien lo sabía. Pero cuán dolorosa fue la lección.

Necesitaba despejar su mente y ayudar a los otros miembros del equipo antes que el miedo se apoderara de ellos

~*~

La sala de emergencia estaba llena de actividad. La enfermera Erin Ludwig apenas podía mantenerse en pie, mientras iba de un cubículo a otro.

Como si las cosas no hubiesen sido lo suficientemente malas, el inoportuno de Tadd James trajo a la mejor amiga de Erin, Abby Power, junto con otras tres personas heridas.

No hace mucho, Erin le había aconsejado a Abby que fijara sus límites cuando Tadd comenzó a mostrar mucho su interés.

Esa noche había mencionado algo acerca de un cuarto oscuro y murciélagos vampiros. *Una historia poco probable.* Erin investigaría la verdadera razón por la que dejó a su amiga gravemente herida, con un brazo roto y todo su bello rostro lastimado.

"Esas marcas de los dientes son enormes," dijo Erin mientras limpiaba las heridas de Abby con líquido antiséptico. "¿Podrían realmente ser murciélagos?"

Si Tadd era el culpable de las heridas de Abby, sin duda tendría que escucharla.

Erin sospechaba que Anthony tendría algunas respuestas y cuando hubiese terminado, lo interrogaría más a fondo, junto con los otros que habían venido con ellos.

"Este paciente necesita ser admitido," el doctor

se dirigió a Erin." "Prepara una inyección ANTIRRÁBICA."

"¿Alguien pensó traer una de las criaturas con las víctimas?" De cualquier manera, es mejor que se comience el procedimiento para detectar la rabia."

"Localice exactamente dónde se halla ese viejo edificio y notifique a las autoridades para comprobar lo de los murciélagos. Dependiendo de sus hallazgos es posible que tengamos que tratar contra la rabia a los otros pacientes de este grupo, como medida de precaución."

~*~

En el siguiente cubículo, la Dra. Sandra Beazel presentaba un tobillo hinchado y mencionó los moretones por todo el cuerpo.

"¿Puede contarnos lo que sucedió?" Le preguntó Erin.

"Cinco de nosotros fuimos a Slattersville para ver el espacio de las oficinas en alquiler." No esperábamos que hubiese tanta oscuridad en el edificio y que estuviese sin electricidad... "ella suspiró." "De todos modos, caí en un agujero en el suelo y como se puede ver me duele el tobillo."

"La enviaré primero a rayos x y veremos lo que tenemos que hacer con su tobillo," dijo el médico de emergencia.

Erin tocó el antebrazo de Sandra. "¿Y Abby?

¿Cayó en un agujero también?"

~*~

Erin y el doctor se trasladaron al siguiente cubículo para ver a un hombre llamado Chris Parker.

Él estaba magullado y maltratado y apenas podía moverse. Sospechaban de una lesión en la cabeza cuando nada de lo que decía tenía sentido.

El doctor recomendó a Chris medicamentos para el dolor, mientras examinaban a los otros pacientes.

~*~

Tadd James tenía más cortes de lo que Erin había notado inicialmente cuando llegó a la sala de emergencia.

"Déjeme limpiar estas heridas."

"¿Cómo está Abby? ¿Va a estar bien?"

"Sabes que no puedo hablar de los otros pacientes contigo." Erin trató de contener su irritación contra el hombre. Después de todo, quien viene a este hospital merece la mejor atención y cortesía.

~*~

Después de que Sandra regresó de rayos x, Erin terminó de limpiar sus heridas.

"Usted es una mujer afortunada," dijo el médico de emergencia. "Su tobillo está fracturado, pero todos los huesos están en su lugar."

"¿Así que llevaré un yeso? ¿Puedo elegir un bonito color como hacen los niños hoy en día?"

"Veo que tienes sentido del humor." Pero con la hinchazón que tienes, vamos a usar un dispositivo ortopédico primero. Lo revisaremos semanalmente. Cuando la inflamación baje podemos aplicar un yeso."

"Entonces, cuánto tiempo..."

"Nada de peso sobre el tobillo al menos durante seis semanas."

"¿Muletas?"

"Estaba pensando que si tu seguro lo cubre, tenemos muletas de manos libres con una almohadilla para mantener la pierna doblada en la rodilla y las tiras en su muslo." O el scooter de rodilla sería una opción, pero es un poco más caro y no deja las manos libres."

~*~

Para el momento en que Erin revisó a Chris otra vez, él se sentía mejor pero aún parecía incapaz de entender lo que había sucedido.

El médico de emergencia llevó a Erin aparte y discutió la situación con ella. "Puesto que no conocemos al hombre, quizás él sea uno de los que fácilmente se confunden."

"¿Usted quiere decir que puede tener *un tornillo flojo*?"

"Bueno, sí." Para decirlo sin rodeos. Por otra

parte él puede estar en estado de shock. Pero los síntomas no indican que sea eso tampoco.

"¿Entonces, lo admitirá?"

El doctor se acercó a la cama de Chris. "Nuestras habitaciones están llenas." Si tienes a alguien en casa que te cuide esta noche puedo escribirte una receta y enviarte a casa."

"Comparto un pequeño apartamento con Anthony Markson." ¿También será dado de alta?"

"Ya se lo haremos saber."

~*~

"¿Cómo están ellos?" Anthony preguntó, mientras el médico de emergencias se acercaba a él. "¿Cómo se siente nuestro equipo?"

" Al resto de tu grupo le hemos curado las heridas por ahora." Solo para estar seguros, mejor te examinamos a ti también."

Anthony tendió sus brazos. "Como puedes ver no tengo ningún rasguño."

"¿Serías capaz de vigilar a tu compañero, Chris Parker?"

"Por supuesto."

"Está bien, esto es lo que tienes que hacer." El médico de emergencia le tendió un papel y escribió los síntomas que Anthony debía observar. Despiértalo cada hora."

Cuando terminó el papeleo, Tadd y Chris fueron dados de alta, Anthony aseguró a Erin que regresarían para ver a Abby en la mañana.

Capítulo 2

A la mañana siguiente Anthony, Chris, Sandra y Tadd regresaron al hospital y se reunieron en la habitación de Abby.

Su enfermera era Erin y estaba tomando sus signos vitales. "Buenos días." Terminaré pronto. Pero como bien saben, Abby es mi mejor amiga así que voy a ser muy protectora con ella."

¿Qué pasa con esta chica? ¿Estaba la enfermera culpándolos de las lesiones de Abby? Al oír sus palabras, Anthony se sintió sucio y lleno de vergüenza. "Puedo asegurarte que ella es una buena amiga para el resto de nosotros también."

"Hola, Anthony." Erin lo reconoció con un movimiento de cabeza. "Recuerdo haberte conocido en la iglesia. Pero acabo de conocer a los otros anoche." Ella lanzó una mirada interrogante a Tadd.

Él levantó las manos simulando defenderse. "Hubiera ido a la iglesia con ustedes la semana pasada, pero tuve que trabajar."

"Y Chris Parker llegó recientemente de Nueva York," dijo Anthony.

Erin se rió. "Lo deduje desde que habló tan parecido a ti y a Janet."

"Hablando de Janet." Abby habló con una voz muy ronca y baja. "¿Puedes llamarla y decirle dónde estamos?"

Anthony se dio una palmada en la frente. Se había olvidado por completo de su hermana con todo el trauma del desastre de ayer. ¿Qué clase de hermano era él? Él había atendido a Chris toda la noche como había insistido el médico de emergencia, pero ni siquiera había revisado la habitación de Janet esa mañana. *Señor, yo no puedo hacer nada bien. No soy digno.*

"Janet vino hace dos noches," dijo Erin." "Ella estuvo en una especie de tornado y eso afectó sus ojos."

"¿Estás hablando de mi hermana?" Anthony se puso rígido en posición firme.

"Así es. Janet Markson."

"¿Cuál es su habitación?" preguntó Anthony. "Necesito ir a verla."

"Déjame mejor traerla hasta aquí." Erin se volvió y se dirigió hacia la puerta. "Entonces todos podrán verla."

"Iré contigo," dijo él.

"Bien, sígueme." Erin hizo un gesto con la cabeza. "Estaremos de vuelta dentro de poco Abby."

~*~

"Janet, ¿qué te pasó?" Anthony le preguntó al entrar a su habitación.

"Anthony, ¿eres tú?"

"Sí, hermana." Me acabo de enterar dónde estabas. Siento no haber estado aquí, antes."

"Estás aquí ahora," dijo Janet con una sonrisa. "Es lo que cuenta." Me he estado preguntando acerca de tu viaje."

"Tengo malas noticias sobre eso." Abby se lesionó ayer y los otros miembros del equipo están en su habitación al otro lado del pasillo. ¿Te gustaría ir a verla? Erin y yo podemos llevarte allá."

"¿Abby está herida?" Sí, por supuesto, quiero verla. Escuché un alboroto y deseaba andar por los pasillos libremente. Pero tengo este pequeño problema con mi visión."

"Erin mencionó algo acerca de eso," dijo Anthony. "Suena como algo terrible." El resto del equipo querrá escuchar más acerca de esto."

Los tres llegaron pronto a la cabecera de la cama de Abby. Anthony encontró una silla para Janet y se paró a su lado.

Sandra se sentó en la silla al otro lado de la cama de Abby y los otros se inclinaron contra la pared.

"Debo disculparme con todos ustedes." Anthony miró a cada uno en la sala. "Fallé como su líder y los he conducido a esta situación en la que nos encontramos." Mi orgullo me cegó y creí que podía solo en lugar de esperar oír a Dios."

Cada uno de los otros le miró en expectativa. Luego se volvió hacia Janet.

"Lo siento, ignoré tus preguntas acerca de si había preguntado a Dios específicamente sobre ir a Slattersville." Incluso cuando vemos la mano de Dios actuando, no podemos adelantarnos a su tiempo. Y me temo que eso fue lo que ocurrió aquí."

"Anthony, también siento haber ignorado tu preocupación por mí y haber ido sola a ver al Pastor Joe."

"Está bien, pero primero, vamos a orar por arrepentimiento antes de compartir nuestras opiniones y experiencias los unos con los otros," dijo Anthony.

Unidos, inclinaron sus cabezas con sus ojos cerrados mientras Anthony los dirigía en oración.

"Señor, hemos pecado contra ti." Venimos ante ti destrozados y heridos. Por favor, perdóname, porque se suponía que debía ser el líder. Perdóname por dejar que mi orgullo me cegara a tu voluntad y a tu tiempo. Abrázame y dime cómo proceder de aquí en adelante. Te necesitamos más que nunca. Reconocemos nuestra debilidad. El enemigo nos ha lastimado, pero hemos aprendido nuestra lección. Hemos caído, pero no estamos derrotados. Realmente solo queremos servirte. Espíritu Santo, ilumina nuestras mentes y corazones. Dulce Jesús deja que tu gracia esté con nosotros y en todos nosotros. Amén."

"Amén.," respondió el equipo.

Anthony sonrió a sus amigos. "Bienvenidos a esta reunión no oficial." Para aquellos de ustedes que no son miembros del equipo, reconocemos que también han sufrido en nuestra más reciente batalla. Continúen orando mientras escuchan lo que se diga en esta reunión y luego decidan si han sido llamados a servir con nosotros. Sin duda comprenderemos si nuestra reciente experiencia los hace marcharse y les pido de nuevo disculpas por mi pobre liderazgo."

"Está bien," dijo Chris.

"Vamos cada uno a compartir un poco acerca de nosotros mismos. Comenzaré diciéndoles que soy Anthony Markson, abogado de profesión y formalmente de Nueva York. Estoy casado con Becky y somos padres de nuestro ruidoso hijo de seis años, Ben. Había dado la espalda a Dios por un tiempo, pero Él me llamó para dirigir este equipo y cambió mi nombre a "*Guerrero.*"

Anthony apretó la mano de Janet para que supiera que ella era la siguiente.

"Yo soy la hermana de Anthony, Janet Markson." He servido al Señor durante años, pero recientemente me llamó para formar parte de este equipo junto a mi hermano. Dios me ha nombrado *"Mujer de Fe."*

Ella sonrió mientras recordaba algo. "Oh sí." Yo era profesora de historia en Nueva York pero actualmente estoy trabajando en la Prisión Estatal de Clanston. Todavía estoy soltera."

Los demás se rieron y las tensiones en el ambiente bajaron.

"Abby Power, lo siento, no puedo hablar muy fuerte." He sido cristiana por muchos años. Era enfermera en este hospital pero actualmente estoy trabajando en la clínica de la prisión donde se encuentra Michael. Dios recientemente me nombró *Oráculo*."

"Tadd James, nuevo creyente e interesado en unirme al equipo. Ningún nombre nuevo todavía."

Los otros se rieron entre dientes y la habitación parecía un poco más brillante.

"Yo era guardia de prisión, aquí en la prisión de Clanston, continuó Tadd. Pero fui trasladado a la cercana prisión de seguridad de Slattersville. La ciudad donde nos golpearon."

"Chris Parker. He sido cristiano por muchos años y serví en el Ministerio Infantil en Nueva York. Entonces oí sobre el trabajo de este equipo y admito que llegué por curiosidad. Y ahora estoy herido pero no vencido. Estoy feliz, porque aunque no entiendo todo, sé que Dios tiene grandes planes para nosotros."

"Dra. Sandra Beazel, pero mis amigos me llaman Sandra." He sido cristiana durante veinte años y siendo psicóloga he aprendido muchas cosas. Yo estaba intrigada por el trabajo de este equipo desde el momento en que Deborah me habló de él y aquí estoy. No puedo decir que entiendo lo ocurrido recientemente, más de lo que lo entiende Chris. Estoy dispuesta a darlo todo si Dios me llama a caminar con el resto de ustedes."

"Qué refrescante es que podamos decir que todos hemos caído pero no estamos vencidos, "dijo Anthony. "Me gustaría que nuestra nueva amiga se presentase también."

"Gracias," dijo Erin. "Soy Erin Ludwig, he sido cristiana por mucho tiempo y soy la mejor amiga de Abby, como ya les dije." Trabajo aquí en la sala de emergencias como enfermera. Esto es todo tan interesante. Si me permiten, me gustaría quedarme durante toda la reunión."

"Por supuesto, eres bienvenida a quedarte," dijo Anthony con un guiño.

Los demás estuvieron de acuerdo también.

"Esta no es una reunión de equipo completo ya que nos faltan dos de nuestros miembros. Nuestro amado hermano, Michael Reeves, está en la prisión estatal de Clanston por el momento. Él es un ex-soldado. Su esposa Deborah, quien mencionó Sandra, también ha sido una bendición para este equipo. Ellos han permitido que nuestra primera oficina este ubicada en su hogar."

"Oh, sí," dijo Erin. "Recuerdo haber conocido a Deborah en la iglesia."

"Así es." Anthony asintió con la cabeza. "Y también nos falta Josh Pennington, quien está preso en Slattersville. Josh vino al Señor por la obra de Dios a través de Michael en la prisión de Clanston."

"Y," dijo Abby. "Josh también fue utilizado por el Señor para salvarme de Big Jax."

"Estamos agradecidos por eso," dijo Anthony. "Ahora vamos a examinar dónde estamos como equipo y compartamos nuestras experiencias de nuestra más reciente batalla. Luego, por supuesto, queremos que Janet comparta su historia, ya que todavía no tenemos mucha información sobre ese tornado."

"Por favor dejen que Janet hable primero," Abby insistió.

"Bueno, hermana." Parece que tienes la palabra."

"No sé nada sobre un tornado," dijo Janet mientras sus ojos se abrían. "Estaba en la casa del Pastor Joe y algo le pasó. Todavía puedo imaginar la escena que encontré cuando él abrió la puerta. Vidrios y objetos rotos cubrían el piso de su sala de estar. Dios me preparó para la batalla, pero una gran oscuridad me envolvió y lo siguiente que supe es que desperté en el hospital."

"Tal vez podamos saber algo más acerca de ello con el Pastor Joe."

"Así lo espero," dijo Janet. "Cuando me desperté no podía ver nada. Pensé que aún estaba en casa del Pastor Joe y que alguien me había desvestido y me había acostado. Fue bastante aterrador hasta que Erin entró en la habitación."

Toda la habitación se llenó de una luz brillante y un ejército se reveló. Los guerreros celestiales estaban de rodillas en reverencia ante el Comandante Élite.

"*Mis queridos hijos,*" Dios habló en una voz audible.

"*Yo, el Comandante Élite, he elegido a cada uno de ustedes en esta sala hoy para un propósito mayor.*" Oigan mi voz y sigan mis instrucciones. Ustedes han sido heridos porque se desviaron de mis planes, y trataron de crear uno por su propia cuenta. He dado dones específicos a cada uno de ustedes y serán revelados a su tiempo. Ahora mismo todos ustedes necesitan sanidad.*"

Una gran fuerza atravesó la habitación y Erin cayó de rodillas. Su cuerpo fue inmediatamente revestido por una armadura con su nuevo nombre escrito sobre su hombro derecho "*La*

Restauradora."

"*Conozcan al nuevo miembro del equipo,*" dijo el Comandante Élite. "*Erin, te he asignado un nuevo nombre. Eres La Restauradora porque te he dado el don de sanidad, utilízalo con prudencia, empezando por los miembros de tu equipo. También he enviado a alguien que los instruirá a todos ustedes en mis caminos y sobre los dones que han recibido. Espérenlo. Su nombre es El Emisario.*"

Cuando la habitación volvió a la normalidad, el equipo se miró entre sí. Asombro y maravilla mostraban sus ojos.

Anthony puso su mano sobre el hombro de Erin. "Bienvenida al equipo, Restauradora."

"Gracias," dijo Erin, mientras ponía su mano en la frente de Abby.

"Sentí el poder fluir dentro de mí," dijo Abby en su voz normal. Su semblante irradiaba. Me siento muy bien. Quiero ir a casa."

Erin se movió desde el lado de la cama de Abby a la silla donde Janet se sentaba y puso su mano sobre ella.

"¡Puedo ver! ¡Aleluya!" Janet miró a todos en la sala. "¡Puedo verlos a todos!"

"Sé que estás sanada y tú sabes que estás sanada," dijo Erin mientras caminaba alrededor de la cama y ponía su mano sobre Sandra. Pero debes presentarte ante el doctor para ser dada de alta."

Ella puso su mano sobre Chris y Anthony y se movió hacia Tadd. "Te debo una disculpa."

Los ojos de Tadd se abrieron. "¿Yo?"

"Sí," dijo Erin mientras ponía sus manos sobre él. "Cuando trajiste a Abby a la sala de emergencias estaba tan segura de que eras responsable de sus lesiones."

"Estoy seguro de que te das cuenta ahora, Erin, que estuvimos involucrados en una guerra espiritual," dijo Anthony. "Y no ha terminado."

"Ahora veo eso. Entonces, ¿qué sigue para el equipo?"

"Vamos a esperar que el Señor envíe al Emisario. Y mientras tanto, creo que todos necesitamos un tiempo tranquilo con el Señor. El Comandante Élite dijo que todos en esta habitación son parte de sus elegidos."

"Sí, reconozco mi error." Erin se volvió a Tadd. "¿Podrías perdonarme?"

"Sí, y por favor quiero que sepas que nunca lastimaría intencionalmente a Abby."

"Bien, ahora que tenemos eso claro, Abby y Janet deben ir con su médico y obtener el alta oficialmente." Anthony continuó: "Sandra, ¿por qué no acabas de registrarte en la sala de emergencias antes de salir de aquí? Entonces, todos nos vemos donde Deborah dentro de una semana."

Capítulo 3

Apolión no apreció que sus adversarios ganaran terreno y tuvieran poder sobre él. Él no perdió tiempo al convocar a todos sus generales y soldados para discutir su magnífico plan para acabar con el equipo del Señor.

Cubierto en cuero negro con botas de acero penetrante, los ojos de fuego del comandante del mal se precipitaron hacia todos los rincones del infierno mientras observaba a sus guerreros llegar. Un campeón, sucesor al trono del demonio, Apolión reinaba en el mal y el mal reinaba en él.

Con el orgullo de su bronceado dorado, elevó sus poderosos brazos. Los seis pares de alas de cuero pegadas a su musculoso cuerpo delgado se extendían sobre su cabeza y hasta los pies.

Los dientes perfectos, una sonrisa espectacular se posó sobre su rostro. Tenía que aparentar una confiada belleza de manera increíble. Él iba a ganar esta guerra. Su voz era del tono perfecto cuando alzó la voz para cantar un canto de alabanza de sí mismo.

Sus ojos destellaban de aprobación mientras sus súbditos demonios bailaban al son. Luego, con una sonrisa maligna terminó su canción.

~*~

Sin aviso, Apolión desató su ira. "Esos bastardos se escaparon de mí, pero voy a acabarlos," gritó.

Todo y todos en el infierno temblaban.

Botis se puso delante de Apolión y se inclinó. "Malphas, Mastema, Samael y Legión han llegado, mi Príncipe."

Para esta reunión de los guerreros de Apolión, Botis se presentó como un colosal dragón. En esta forma se presentaba con un rugido de destrucción inminente, con aliento de fuego. Sus impenetrables escamas de color marrón verdoso protegían su núcleo, mientras sus enormes piernas, pies y cola estaban dispuestos a aplastar cualquier cosa que se interpusiera en su camino.

Por mandato de Apolión, Botis utilizaría sus garras afiladas de acero para cortar la garganta o arrancarle el corazón a cualquier víctima que agarrase en su poder.

Botis también podría transformarse en la imagen de un ser humano y en esta forma llevaba una espada reluciente de plata cargada con proyectiles afilados desde la empuñadura hasta la punta. Pero cuando se les había aparecido en forma humana en el pasado sus dos cuernos y los dientes grandes revelaban su disfraz.

"Maravilloso," Apolión respondió. "¿Quién falta todavía?"

"Mi Príncipe, Amaros, Perdix, Succumbus, Eligos y Asmodee aún no han llegado."

Ante esta noticia la rabia de Apolión aumentó enormemente. "¿Dónde están ellos? Pagarán por su insolencia."

Unos minutos más tarde llegaron los restantes comandantes de las fuerzas del mal. "Todos ellos están aquí mi Príncipe," anunció Botis.

"¡Tú!" Apolión inmediatamente saltó sobre el último en llegar, golpeándolo en la espalda. Entonces se paró sobre la garganta de Amaros. "Te di una misión muy sencilla, que controlases a la hermana de Anthony y me fallaste."

"Pero mi Príncipe." La voz de Amaros salió como un chillido. "Todos hemos fallado."

El fuego llenaba los ojos de Apolión. "Botis," llamó con un chasquido de sus dedos.

Botis lanzó su llama de dragón sobre todos los guerreros reunidos en la sala.

Los guerreros del demonio retrocedieron. "Mi Príncipe," por favor, perdónanos. "Vamos a acabar con ellos," gritaban sus peticiones al unísono.

"Escuchen cuidadosamente entonces." La voz de Apolión se hizo baja y mortal. "Debemos encontrar sus puntos débiles y volvernos parte de sus vidas."

"Sí, mi Príncipe." Los demonios se arrastraban a sus pies.

"Levántense. No me decepcionen. Los mando a confundir, engañar y destruir. Vayan."

~*~

Mientras tanto, en la prisión del estado de Clanston, Michael y Big Jax estudiaban las escrituras todos los días y crecían en gracia y santidad.

Una noche Big Jax tuvo un sueño. Se encontraba en medio de todos sus amigos, antes de convertirse en creyente. Los que habían estado en su banda, lo miraron con odio y lo agarraron por la fuerza.

Ellos lo ataron a un árbol y estaban dispuestos a cortarle la cabeza, cuando oyó una voz que decía *"Ahora eres mi hijo, nada te hará daño."*

De repente Big Jax se encontró en otro lugar con otro preso que se convirtió en su mejor amigo.

Se despertó con su corazón palpitante. Big Jax golpeó la litera por encima de su cabeza. "Michael, ¿estás despierto?"

"Lo estoy ahora. ¿Qué ha pasado, Big Jax?"

"Tuve otro sueño."

"Por favor cuéntame sobre el sueño."

Big Jax le contó el sueño con todo detalle.

"Mi amigo, la interpretación de tu sueño me

ha sido revelada. A pesar de que tus antiguos amigos te están buscando para colgarte y cortarte la cabeza, el Señor tiene otros planes."

"¡Uf!" dijo Big Jax. "Es bueno saberlo."

"En unas semanas a partir de ahora, serás trasladado a otra prisión donde te encontrarás con otro prisionero. Dios tiene una misión para los dos. Es uno de mis amigos más queridos y sé que aprenderás a amarlo como yo."

"¿Un par de semanas? ¿Qué pasa si ellos cumplen sus planes antes de que nos trasladen?"

"Dios te dijo que nada te hará daño. Él tiene el control de todo."

"Me suena bien." Con una sonrisa en su rostro, el gran hombre se recostó aceptando esto dulcemente y pronto se volvió a dormir.

~*~

El Emisario estaba inquieto. Había prometido entregar el mensaje del Señor y sabía que necesitaba contarle la historia a ese grupo.

"No he salido de este pueblo desde hace años. Señor, por favor ayúdame."

"No te preocupes. Te los traeré. Pero ahora es el momento de ir a la cárcel y visitar a mi siervo Josh," el Comandante Élite habló al corazón del Emisario.

~*~

Un guardia de la prisión estaba parado fuera de su celda. "Josh Pennington, tienes visita."

Su corazón se aceleró de la emoción. *El equipo ha llegado.*

Pero cuando Josh llegó a la sala de visitas se encontró con un hombre de edad con el pelo largo que se sentó al otro lado del cristal frente a él. El físico del hombre indicaba que era o había sido soldado.

Josh cogió el teléfono. Nunca había visto a este hombre en su vida. ¿Por qué estaba aquí? "Usted me ha confundido con otra persona, señor. Pero ya que está aquí, ¿cómo puedo ayudarle?"

"Soy Daniel Samuels y el Señor me mandó a hablar contigo," dijo el hombre entrado en años, pero musculoso.

"¿Me está diciendo que nuestro Señor Dios, el Creador, lo ha enviado?"

"Sí, Josh."

"Usted sabe mi nombre."

El hombre se puso de pie y Josh vio este guerrero con armadura de cuerpo completo con el nombre en el hombro derecho *El Emisario."*

"Eres parte del ejército de Dios," dijo Josh. Pero "¿qué significa tu nombre?"

"A todos Dios nos ha dado nuevos nombres, si todavía no has recibido el tuyo, no te preocupes. Él te dará uno después," dijo el Emisario.

"Todos tenemos batallas que luchar y has sido elegido para formar parte de este equipo. Eres el primero del equipo que conozco."

"El Señor usó a Michael Reeves, mi buen amigo en la prisión estatal de Clanston para rescatarme de la oscuridad," dijo Josh. "Yo todavía lo extraño."

"Hijo mío, tú tienes que ser fuerte. Vienen tiempos oscuros. Eres necesario para luchar una gran batalla para el Señor."

"Estoy dispuesto y tengo la sensación de que tiene un mensaje para mí."

"Eso es correcto. Aunque te soltarán dentro de unas semanas, todavía tienes algo que hacer aquí primero. Prepárate, porque tu nuevo compañero te traerá tu más grande prueba."

"¿Qué quiere decir?"

"Solo puedo decirte que viene un viejo conocido. El necesitará de tu ayuda mientras ambos estén aquí."

"¿Me puede decir algo más?"

"Solo sé que voy a estar esperando por ti una vez que salgas. Yo seré tú guía y entrenador para esta nueva misión." Daniel Samuels colgó el teléfono y dejó el área de visitantes.

Josh se sentía alentado por la visita y todavía un poco preocupado por las noticias que Samuels le había traído. Pero estaba comprometido.

Señor, yo estoy aquí, todo lo que me mandes hacer, lo haré.

Capítulo 4

Estando afligida en espíritu durante los últimos días, Becky les pidió a los miembros de la iglesia de New Beginnings que oraran por su esposo y por Janet. Por eso cuando el teléfono sonó esa noche ella se apresuró a contestarlo al primer sonido, esperando oír la voz del Pastor Good al otro lado.

"Hola, Bebé."

"¡Anthony! Estoy contenta de que hayas llamado. He estado preocupada por ti. ¿Estás bien?"

"Si, cariño, estamos todos bien. Pero te extraño mucho."

"Ben, yo también te extraño."

"¿Has seguido pensando acerca de mudarte a Ohio?"

Becky se mantuvo silenciosa por un momento. ¿Estaría lista para esto? "No lo sé Anthony. Necesito conseguir un trabajo allá y---"

"No te preocupes por eso Becky, Dios te guiará en tu decisión."

Cuando Becky oyó esto, en vez de tranquilizarse, su corazón palpitó.

Estoy pensando en abrir una oficina legal

aquí. Sabes que mi sueño siempre ha sido trabajar por mi cuenta. Tomé la prueba de la junta estatal hace como cuatro semanas.

Ella suspiró. Él no había mencionado haber tomado la prueba. Pero, eso significaba seguramente que él estaba asentando raíces en Ohio. "¿Cuándo sabrás los resultados?"

"Dentro de dos semanas. Pero, Becky, te necesito aquí."

"Lo sé," dijo ella con un suspiro.

"Papá," gritó Ben.

"Espera. Déjame poner a Ben al teléfono."

"¿Qué hay, Bateador? ¿Cómo estás?"

"Estoy genial y te tengo cubierto, Papá. He estado orando por ti. Mamá y yo hemos estado orando. ¿Te ha estado hablando Dios? ¿Has peleado buenas batallas? Quiero ver tu armadura. ¿Papá? ¿Papá? ¿Estás ahí?"

"Espera un momento, Amigo," dijo Anthony soltando una risita. "Haces muchas preguntas. No me dejas decir ni una sola palabra."

"Lo siento."

"Está bien." Todo por aquí también está de maravilla. Te veré dentro de poco. Voy a ir a casa el próximo fin de semana."

"Yuupii."

"Te amo, Amigo."

"Te amo, Papá. Adiós."

"Está bastante emocionado, como te puedes

dar cuenta," dijo Becky cuando volvió al teléfono.

"Le dije que planeaba volver a casa este fin de semana. Ojalá podamos tener una buena charla acerca de nuestro futuro. Te extraño."

"También te extrañamos, Anthony. Te amo y estoy ansiosa por verte el fin de semana."

Para el momento en que Becky colgó el teléfono, el Señor le habló a su corazón. *"Es tiempo de que apoyes a mi siervo Anthony. Es momento de que te mudes a Ohio con tu esposo. Él te necesita a su lado más que nunca."*

Ella bajó su cabeza. "Sí, Señor. Soy tuya. Quiero cumplir tu voluntad. Por favor ayúdame."

~*~

Michael comenzó a pensar en la partida de Big Jax. Él había sido una gran bendición, llenando el vacío que Josh dejó cuando se mudó a Slattersville. Michael empezaba a sentirse solo otra vez.

"Michael, no te van a dejar solo. Tu tarea aquí ha terminado.," el Comandante Élite le habló a su corazón.

"Pero, Señor, ¿qué significa esto? ¿Voy a ir a casa?"

No hubo respuesta esta vez.

Un guardia se acercó a su celda. "Tienes una visita, vamos."

La euforia invadió el cuerpo de Michael.

¿Podría ser Deborah, Anthony o alguien del equipo?

Cuando llegó a la sala de visitas, vio a su abogado.

"Tu comportamiento ha sido sobresaliente y te han dado muchas recomendaciones. He movido mis influencias aquí y allá. Saldrás de aquí en una o dos semanas."

"Guau."

"Por supuesto, estarás bajo arresto domiciliario hasta que cumplas tu condena, pero, por lo menos, estarás en casa."

"Gracias Señor," dijo Michael. "Gracias. Gracias. Gracias."

Michael casi flotó a su celda, estaba tan feliz.

"Bien Descodificador," le dijo a Big Jax. "Te llevarán a una prisión de poca seguridad, y yo me iré a casa. ¿No es asombroso?"

"Sí, ciertamente." Big Jax se inclinó y puso su mano en el hombro de Michael. "No te olvides de visitarme en Slattersville."

"Por supuesto, no lo olvidaré."

~*~

New Hope Trinity Church estaba de luto.

El Pastor Joe llegó al hospital a tiempo y parecía estar recuperándose. Pero al siguiente día tuvo un infarto y murió.

Los miembros de la iglesia estaban devastados. Y por supuesto, Robert estaba triste y arrepentido.

"No estuve ahí para ti, Papá, por favor perdóname. Pero, entonces, como pudo Dios permitir tal cosa, apartarte de mí. Tú eras lo único que me quedaba."

Mientras hablaba, el corazón de Robert se llenaba de rabia, ira y venganza. "¿Por qué Señor? ¿Por qué me ha pasado esto? ¿Por qué? ¿Por qué? "

~*~

El servicio de la noche del domingo fue hermoso como siempre, pero algo faltaba. Todos extrañaban la presencia del fallecido Pastor Joe.

El sermón del Reverendo Robert fue 'Porque para mí el vivir es Cristo, y el morir es ganancia." *Filipenses 1:21.* Aunque él mismo no estaba muy convencido. Incluso, mientras predicaba solo pensaba acerca de sí mismo. *¿Qué hay de mí? ¿Cuál es mi ganancia? Yo solo siento dolor y tristeza.*

Los miembros de la iglesia ofrecieron sus condolencias y al mismo tiempo inquirieron acerca de Janet y su salud. Ellos le dijeron al reverendo que planeaban visitarla al hospital, sin tener idea de que ella ya no estaba ahí.

~*~

La mañana siguiente, el teléfono de Janet sonó. Ella vio la identificación de quién llamaba y contestó. "Robert, es bueno saber de ti."

"Hola, Janet, mis disculpas, no te he visitado porque he estado ocupado con el funeral y el duelo de nuestra pérdida."

"Lo siento, Robert. Debo haberme perdido de algo. ¿Qué funeral?"

Un silencio profundo se sintió a través de la línea.

"El funeral de mi padre," finalmente lo dijo. "Él tuvo un infarto al día siguiente que te llevamos al hospital."

Janet no podía hablar, su corazón palpitaba con dolor y tristeza. El teléfono se le resbaló de la mano y cayó al piso. Un manantial de lágrimas corrían por sus mejillas. "Oh, Señor. No, no, no…" Ella lloró. "No puedo soportarlo."

Anthony vio caer a Janet y corrió hacia ella. "Janet, ¿estás bien? ¿Qué ocurre?"

"Él está muerto."

"¿Quién? ¿Quién murió?"

"El Pastor Joe. Oh, Señor, no." Algo en el corazón de Janet le decía que la muerte de Joe no fue natural. Tenía que ver con la batalla espiritual en su casa. Sus lágrimas se detuvieron. Ella estaba decidida a descubrir qué estaba sucediendo.

Anthony llamó a los otros miembros del equipo y les dio la mala noticia. "Janet y yo nos estamos dirigiendo a New Hope Trinity Church. Estoy seguro de que Abby ya está allá. Vayamos todos y apoyemos a la iglesia."

"Los demás estarán allá," Anthony les avisó a Janet, Chris y a Deborah mientras se preparaban para salir.

Así que cuatro de ellos se montaron en el Porsche de Anthony y rápidamente estaban en New Hope Trinity Church.

Todos los miembros de la iglesia se reunieron alrededor del Reverendo Milton y le dieron su pésame. Ellos oraron por la pérdida de la iglesia. Los miembros del equipo, además, ofrecieron palabras de consuelo.

Cuando hubo finalizado, Abby, reunió al equipo a un lado. "Temo que la muerte del Pastor Joe tiene que ver con nuestras batallas. Está ocurriendo algo extraño en la iglesia. Necesitamos inquirir al Señor acerca de eso. Debemos orar y encontrar al demonio que destrozó la casa del Pastor Joe y que lo lastimó a él y a Janet."

Janet asintió de acuerdo. "Yo también siento lo mismo."

"Todos estaremos pendientes de la iglesia y del nuevo pastor, el Reverendo Robert Milton, "dijo Anthony.

Capítulo 5

Después de pasar la semana orando constantemente, el equipo sintió la bendición del Señor para tomar un descanso de una o dos semanas. Era momento para organizar sus pensamientos y acercarse a sus familias. Aunque no podían abandonar las oraciones y permanecer lejos del Señor, ellos necesitaban atar otros cabos sueltos en sus vidas.

El jueves Anthony condujo hasta casa y disfrutó el tiempo con su esposa e hijo el viernes y el sábado.

El domingo ellos asistieron al culto en la Iglesia de New Beginnings. Cuando volvieron a casa, después de una deliciosa comida en el Red Lobster, Ben fue al jardín y jugó con su gato.

"Becky, debemos hablar. Por favor siéntate conmigo en la sala de estar," dijo Anthony.

"Está bien."

Anthony tomó su mano. "Yo sé que las cosas son un poco diferentes y son difíciles de entender para ti."

"Cómo qué…" Ella levantó su mirada hacia él. "Nunca estás cerca, pareciera que no tuviera esposo. Ben se queja de que te extraña todo el tiempo."

"Lo sé Becky, pero--"

"Anthony," interrumpió Becky. "Hay algo que no te he dicho. No es fácil para mí, pero creo que es tiempo de que lo sepas."

El pecho de Anthony se contrajo. *¿De qué está hablando Señor? No más problemas, por favor. No sé cuánto pueda resistir.*

"El Señor me ha hablado."

Un alivio inundó a Anthony. "Gracias por decirme. Es tan genial que estés construyendo una relación con Él."

"Por favor, no me interrumpas hasta que termine."

"Está bien, cariño. Mis labios están sellados." *Señor, ayúdame a aceptar cualquier cosa que venga.*

"Sé que no he sido comprensiva con tu nueva propuesta, pero, aunque no apruebe o entienda lo que sea que estés haciendo, Dios me ha mostrado que debo apoyarte y estar a tu lado."

El corazón de Anthony se llenó de alegría. "¿Estás diciendo lo que creo que estás diciendo?"

"Esto es muy difícil para mí. Por favor no me interrumpas."

"Lo siento, cariño."

"A mí no me gusta que tu vida esté constantemente en peligro, pero también entiendo que has sido cambiado. *El Señor me ha dado instrucciones para que me mude a Ohio y esté contigo."*

Anthony saltó de su silla, levantó sus brazos hacia el techo y gritó. "Alabado sea el Señor, aleluya. Gracias, Señor." Se detuvo y miró a su esposa. "Lo siento, cariño. ¿Habías terminado?"

Becky se rió y también se levantó de su silla. Ella puso sus brazos alrededor de él. "Amén."

"Permíteme volver a Ohio y organizar todo. Mientras estoy preparando mi nueva oficina, veré si Abby ha encontrado algo para ti allá. Ya le he pedido que se fije en algunas oportunidades de trabajo."

"¿Cómo sabías que iba a decir que sí?" preguntó Becky.

"Bueno, confié en Dios e incluso cuando tenía muchas dudas, siempre tuve la esperanza de que entenderías."

"Está bien, Sr. Markson. Tiene su respuesta. Ahora debo informarle a la gente de mi trabajo y en la iglesia. Necesito decirles a mis amigos. Es la época para que comience la escuela de Ben. Anda. Tantas cosas. Mi cabeza está dando vueltas."

No te preocupes, comienza a trabajar en todas esas cosas que mencionaste y yo regresaré a Ohio y prepararé todo lo que necesitamos."

La puerta trasera se cerró de golpe cuando Ben entró.

"¿Hola Amigo?"

"¿Qué Papá?"

"Tú y Mamá pronto se mudarán a Ohio conmigo. En poco tiempo estaremos juntos otra vez.,"

"Genial papá, genial. ¿Te veré en tu armadura y te veré luchando contra los enemigos?"

"Bueno, no lo sé. Ya lo veremos Amigo. Ese es el departamento de Dios, lo sabes."

"Si Papá. Y Mamá ya no llorará más porque tú no estás aquí."

Becky rió.

"Está bien Amigo. Vayamos afuera y lancemos algunas bolas."

"¡Hurra!"

~*~

La Dra. Beazel incrementó sus horas de lectura de las escrituras y de oración. Pero se dio cuenta de que tenía más y más preguntas para Dios. Y una y otra vez escuchó esa suave, gentil, y al mismo tiempo fuerte voz diciéndole que ella fue elegida para ser parte del equipo y para luchar en contra de los demonios.

Unos días después, durante su tiempo de oración, finalmente obtuvo algunas respuestas.

"Ya no te llamas Sandra," dijo el Comandante Élite. *"He cambiado tu nombre a Clarividente. Te he dado los dones de Sabiduría, Discernimiento y Profecía. Prepárate porque*

feroces batallas te esperan. Serás instruida por mi siervo sobre qué hacer."

"Sí Señor." Inclinó su cabeza. *¿Dónde está ese Emisario? ¿Por qué no se muestra?*

La Dra. Beazel tuvo varias consultas ese día, pero algo había cambiado. Ella estaba consciente de que había una diferencia en cómo percibía las cosas que sus pacientes decían y hacían.

Tan pronto como su próxima paciente entró a la oficina, inmediatamente sintió la oscuridad en la Sra. Robinson. Ella había sido su paciente por más de seis meses. La Sra. Robinson tenía muchos problemas con su marido, pero todo parecía ir mejor. Y hasta ese momento, la Dra. Beazel no había visto la causa real de sus problemas.

"Por favor tome asiento Sra. Robinson."

Desde la oscuridad, una criatura apareció detrás de la Sra. Robinson. La criatura apareció como una hermosa mujer envuelta en cadenas. Tenía largo cabello rojo y su delgado cuerpo estaba cubierto con franjas negras. La oscuridad pronto rodeó a la criatura con una gran etiqueta que decía "Esclava."

Clarividente inmediatamente entendió que el demonio de la esclavitud había estado atormentando a la Sra. Robinson por meses.

Con el discernimiento, se vistió con su traje de batalla, su armadura cubriéndola y su nuevo nombre que apareció sobre su hombro derecho.

"Tiempo para la batalla," dijo a su corazón el Comandante Élite. "No temas, Yo estoy contigo."

"Dra. Beazel," dijo la Sra. Robinson. "Hoy me siento tan deprimida. Siento como si no pudiera continuar más."

"Estoy aquí para ayudarte. Solo relájate por unos momentos, y pronto te sentirás mejor."

"¿Realmente piensa eso Dra. Beazel?"

"Sí, estoy segura."

La Sra. Robinson pareció quedarse dormida.

El demonio repentinamente transformó las puntas de sus cadenas en espadas brillantes irradiando un aura negra. Ahora las cadenas eran como hojillas. Le creció una segunda cabeza y ambas tomaron la forma triangular de una pitón, con ojos ardientes.

Clarividente se levantó de su silla y se preparó para pelear cuando la pitón de dos cabezas lanzó cientos de espadas de cadena hacia ella.

Clarividente usó su escudo de oro para detener las espadas y su espada brillante para romperlas. Las afiladas cuchillas se destruyeron y cayeron al piso.

Balanceando su espada, Clarividente fue por la cabeza, pero la pitón de dos cabezas esquivó su espada.

"Eres mía," reclamó el demonio.

"No temas" dijo el Comandante Élite. *Habla*

con ella usando su nombre" El Comandante Élite habló otra vez a su corazón."

Clarividente tomó su cabeza. "Abdiel, yo sé quién eres. No te equivoques, hoy serás derrotado."

"¿Por ti y quién más *Clarividente?*" Abdiel rió a carcajadas. "Yo también sé quién eres. Y sé que eres demasiado débil para derrotarme."

"Sí, estás en lo correcto, pero no estoy sola." Cuando Clarividente vio el ejército espiritual a su lado, obtuvo fuerza y balanceó su espada con un grito, "Te derroto en nombre de Jesús." Mientras la primera cabeza de la serpiente rodaba por el piso, Clarividente no se dio cuenta que la segunda la apuñaló en la espalda. Sintió el veneno corriendo por sus venas.

Con otro golpe, Clarividente cortó la otra cabeza de la pitón. Pero aunque rodó por el piso, Abdiel alcanzó a decir, "Esto no es todo. No ha acabado todavía." Y luego se desvaneció en la habitación.

Momentos después la Sra. Robinson despertó. "Gracias por la sesión de hoy Dra. Beazel. No sé qué hizo, pero siento un nuevo alivio. Usted es un ángel," dijo ella. "Siento que al fin soy libre."

"¿Alguna vez ha intentado visitar la iglesia?"

La Sra. Robinson frunció el ceño. "¿Qué quiere decir?"

"Creo que es tiempo de que busque a Dios."

"Ah. Encontrar a Dios en la iglesia. Sí, doctora, tiene razón. Mi madre me llevaba a la iglesia cuando era una niña. Seguiré su consejo."

Se oyó un golpe en la puerta. Erin Ludwig se había aparecido en la oficina de la Dra. Sandra sin llamar o sin anunciar sus intenciones.

"¿Sandra, estás bien? Preguntó Erin. "El Señor me dijo que viniera corriendo. Dijo que estabas en gran peligro."

Clarividente estaba pálida y sus venas se estaban tornando negras. "Yo, yo estoy bien," dijo antes de caer.

"Es hora de usar tus poderes sanadores," dijo el Comandante Élite.

La Restauradora dio un vistazo cerca de la espalda de Clarividente y vio su blusa rasgada y olió la horrible cortada. Puso su mano derecha sobre la herida y las venas y la piel de Clarividente volvieron a su color natural.

Sandra se sentó. "Gracias Erin, me has salvado." La cortada había sanado completamente y Clarividente estaba respirando normalmente otra vez.

"No, El Señor te salvó. Yo solo escuché Su voz y vine a Su llamado. Pero, ¿qué sucedió aquí?"

Sandra compartió la historia completa con Erin sobre cómo el Señor había cambiado su nombre y le había dado nuevos poderes. Le contó a Erin acerca de la feroz batalla. "Pero debemos hablar con el equipo," dijo ella. "Siento que hay algo más que eso. Ese demonio dijo '*No ha terminado todavía*' antes de que se desvaneciera."

Capítulo 6

Un guardia de la prisión sostenía su bastón contra los barrotes de las celdas mientras su compañero marchaba por la fila.

Llegó el día en que Michael y su compañero de celda se irían de la Prisión Estatal de Clanston y tomarían caminos diferentes.

Michael le dio a Big Jax un abrazo de hombre. "Te voy a extrañar Amigo." Los sentimientos agridulces casi lo dominaron.

"También te voy a extrañar. Aun cuando se supone que algún sujeto nuevo se convierta en mi mejor amigo, nunca estará a tu altura. Recuerda visitarme en Slattersville."

"Si es la voluntad del Señor, te visitaré. Estaré en algún tipo de libertad condicional por los próximos dos meses, así que no estoy seguro de cuán lejos pueda viajar."

Michael vio a Big Jax salir de la celda y caminar por el pasillo hasta que no pudo ver más su traje.

Extrañaría al muchacho, eso era seguro, pero era hora de regresar al equipo. Él esperaba que su pronto regreso fuera una sorpresa para todos. Sonreía mientras los planes bailaban en su cabeza.

Ahora que podía enfocar su mente en casa, se dio cuenta que la separación había hecho que su corazón anhelara a su preciosa esposa.

¿Por qué había sacado su frustración con Deborah? ¿Por qué había estado tan molesto y grosero cuando ella lo visitó? Se dio cuenta que la había molestado enormemente cuando más nunca regresó a verlo en la prisión.

"Necesito disculparme y demostrarle cuánto la amo." ¿Querría ella incluso que él volviera a casa?

~*~

En la prisión de seguridad de Slattersville, Josh recibió la noticia mediante rumores de los prisioneros de que su nuevo compañero de celda, Big Jax, *el dragón,* venía a la ciudad.

Se cubrió el rostro con sus manos. *Se terminó la paz.*

La vida en la prisión de Slattersville nunca había sido pan comido, ¿pero ahora esto? Josh estaba aterrado nada más de escuchar el nombre de este brutal y psicótico criminal.

Y para empeorar las cosas, Big Jax sería su compañero de celda.

Por supuesto que Viper le había estado diciendo eso por días. Viper hablaba fuerte, pero no asustaba a Josh como lo había hecho Big Jax.

"Señor, por favor. Ayúdame."

"No se turbe vuestro corazón; ni tengáis miedo," el Señor habló a su corazón.

Los gritos llenaron el aire. "Big Jax está en casa." Uno por uno los prisioneros en cada celda cantaban hasta que el ruido fue ensordecedor.

Viper Chambers, *el rey víbora,* solo sonrió. "Sí, el jefe está aquí y justo a tiempo."

El miedo se aferró al corazón de Josh. "¿Por qué lo llamas jefe?"

"Porque él es el jefe," dijo Viper con voz rasposa. Él no anda con juegos, él es el hombre."

Josh caminaba por la celda. De un lado a otro, sin parar.

"Nos vemos, pequeña rata.," dijo Viper cuando el guardia vino a transferirlo a otra celda. "Y veamos cuánto quieres hablar con Big Jax."

Lanzó una risa malvada. "¿Recuerdas que te dije cómo las serpientes se tragan a las ratas? Imagina lo que un dragón le haría a una rata como tú."

~*~

Los miembros del equipo estaban sorprendidos por la maravillosa obra de Dios. Michael estaba volviendo a casa después de servir menos de cuatro meses en prisión.

Con la noticia de su inminente llegada, los otros se reunieron para darle la bienvenida de regreso al equipo a este primer y más antiguo miembro.

Todo el mundo estaba ansioso por verlo, hablar con él y compartir lo que había ocurrido mientras Michael no estaba. Ellos querían compartir lo que sabían acerca de los planes revelados por Dios.

Ansiosa y emocionada al mismo tiempo, Deborah se preguntaba si el tiempo en prisión había transformado a Michael otra vez en el ogro que había sido antes de que se convirtiera en cristiano. ¿Estaba inmerso en la ira y el abuso del pasado?

En ese momento, Abby Power, *El Oráculo*, se acercó a ella. "No te preocupes. Michael no ha recaído en el tipo de hombre que era. Relaja tu mente y tu corazón, mi querida amiga. Tu marido es verdaderamente un nuevo hombre en Cristo."

Deborah suspiró. "¿Cómo sabes lo que estoy pensando?"

"Lo siento. ¿Te asusté un poco? Dios me dio el don del discernimiento y me pidió que te consolara."

Deborah se rió. "Con este equipo y todas las batallas y el poder aumentando por aquí, todo es posible."

"Sí, Deborah, todas las cosas son posibles con Dios."

~*~

Hogar dulce hogar. Michael estaba tan

emocionado que se sentía como un niño otra vez.

Su corazón se aceleró mientras abría la puerta de su casa, entusiasmado por ver a su hermosa esposa. "Oh cómo extrañaba mi casa. Gracias Dios por traerme de vuelta."

Vio a Deborah y corrió hacia ella. "Hola, querida, te extrañé tanto." La abrazó y la besó hasta que las lágrimas rodaron por su rostro. Con un beso la dejó ir. "Gracias por esperarme. Perdóname por ser tan idiota."

"¡Sorpresa y bienvenido a casa!" gritó el equipo

"¡Vaya!" No había visto a los demás. "Yo quería ser el que les sorprendiera y todos ustedes están aquí. Oigan, incluso veo nuevas caras. Tenemos que ponernos al día con muchas cosas."

"Tenemos bastante tiempo," dijo Anthony. "Tal vez deberías descansar un poco."

"¡Descanso! ¿De qué estás hablando Hermano Anthony? He tenido suficiente descanso. Un descanso de cuatro meses."

Todos en el cuarto se rieron. Se sentía bien estar de vuelta y rodeado por sus amigos.

"Está bien." Anthony les hizo gestos a los demás en el cuarto. "En ese caso, déjame presentarte con todos"

Deborah se escabulló a la cocina y volvió con refrigerios y jugo.

Michael se le acercó otra vez. "Oye, querida, te he extrañado tanto."

"Yo también, Señor Reeves." Ella le guiñó el ojo, lo palmeó en su hombro y se fue otra vez.

Michael fijó su mirada en ella con sentimientos encontrados. Ella parecía amigable, pero ansiosa de irse.

"Escuchen todos." Anthony levantó su mano para llamar la atención. "Para aquellos que todavía no lo han conocido, este es el Sr. Michael Reeves, el dueño de la casa. Así que incluso desde prisión él ha sido nuestro anfitrión."

"Por favor," dijo Michael con una sonrisa. "Nada de señor por aquí. Yo solo soy Michael o hermano."

Michael fue el primer miembro del equipo en unirse a mí. Él y su esposa Deborah han sido una bendición para todos nosotros."

Él se volteó hacia Michael. "Estoy seguro que recuerdas a Janet y a Abby. Tus dos compañeras en la prisión."

"¡Oye, sí! Se los agradezco tanto." Le sonrió a las mujeres. "Tenemos tantas historias de guerra que compartir."

Abby saltaba de la emoción como una niña. "La, la, la, la, la. Volví a mi trabajo en el hospital."

"¿Así que saliste de prisión también?" bromeó Michael. "Estoy contento de que puedas compartir mi fiesta de vuelta a casa."

Ella sonrió y lo golpeó en el hombro.

"Tadd James." Con un gesto. Anthony continuó con las presentaciones.

"Oye, Tadd, qué sorpresa tan agradable. No sabía que estabas en el equipo."

"Sí, muchas cosas han cambiado desde la última vez que te vi, Michael. Estoy contento de verte de este lado de los barrotes."

Michael se rió. "Igual yo, hermano, igual yo."

"Erin Ludwig, es una de las enfermeras del hospital donde Abby trabaja."

"Magnífico." Michael se acercó y sujetó la mano de ella con sus dos manos.

"Y por último, pero no menos importante, tenemos dos nuevos miembros más. Chris Parker de Nueva York y la Dra. Sandra Beazel."

"Veo que el Señor ha estado ocupado. Es un placer conocerlos a todos." Michael estiró su cuello y buscó en la habitación para ver a dónde había huido Deborah.

"Solo nos falta Josh quien está en Slattersville," continuó Anthony.

"Hombre. Extraño a Josh. Me pregunto si las restricciones de mi libertad condicional me permitirán ir a visitarlo," dijo Michael.

"Tenemos que revisar eso," afirmó Anthony. "Pero, de todos modos, ya conoces a todos los miembros actuales del equipo."

"Estás equivocado acerca de una cosa, Hermano Anthony. Nos faltan dos miembros."

"¿Quién más me faltó?"

Así que Michael contó la historia acerca de Big Jax, las batallas que pelearon y como el Señor lo llamó. "Y ahora él está yendo a Slattersville para ser el compañero de celda de Josh."

"Pero--" los ojos de Abby se abrieron completamente por la sorpresa. "El dragón es la razón por la que enviaron a Josh a Slattersville."

"Sí. Eso es lo que pensamos en el momento. Sin embargo, nuestro amigo ya no es Big Jax, *el dragón*. De hecho, él es ahora Big Jax, *"El Descodificador."*

Tadd sacudió su cabeza por la incertidumbre. "Tienes que estar bromeando."

"Eso es increíble." Janet alzó el puño en señal de victoria. "Qué grande es nuestro Dios."

"El Señor es sorprendente," afirmó Michael. "Debemos visitar pronto la prisión de Slattersville porque Josh no tiene idea de la conversión de Big Jax."

"Sí, tenemos las intenciones de visitarlo," dijo Anthony.

Michael sostuvo en alto su mano. "Pero esperen. Hay más. Mis hermanos y hermanas, mi nuevo nombre es *El Astuto*."

Abby aplaudió. "Alabado sea el Señor."

"Bienvenido a casa, Astuto." Dijo Deborah, mientras se acercaba por detrás de él y lo abrazaba por la cintura. "¿Qué significa tu nuevo nombre?"

Abby sonrió. "Dios ha bendecido a tu esposo con el regalo de la sabiduría."

El equipo rió de alegría.

Después, Anthony instruyó a Michael sobre los eventos pasados, la golpiza que recibieron en el edificio abandonado en Slatersville, de Erin obrando como sanadora, y cómo estaban esperando por *el Emisario*.

"*Es tiempo de volver a Slattersville, pero no deben temer, porque yo estaré con ustedes. Ustedes deben visitar a mis dos siervos Josh y Big Jax.*" El Comandante Élite habló en voz alta al equipo.

Ellos hicieron una última oración antes de irse esa noche y el equipo acordó continuar visitando New Hope Trinity Church.

Capítulo 7

La tarde ya había avanzado cuando Josh oyó un ruido como de cadenas contra los barrotes.

"Abran la reja.," dijo uno de los guardias que estaba parado afuera junto a la celda.

Ay, maldición. Josh miró al gigantesco prisionero entre los dos guardias. *Soy hombre muerto.*

El otro guardia giró la llave en la cerradura y la reja se abrió súbitamente. Entonces ambos guardias empujaron al prisionero y el primero le sonrió a Josh. "Dale la bienvenida a Big Jax. Él es tu nuevo compañero de celda."

Josh podía oír sus rodillas temblar a medida que se echaba para atrás. Pero Big Jax no levantó su cara, ni tampoco habló. Él simplemente se agachó en la litera inferior y se tiró encima del colchón.

¿No me vio? ¿Dios me hizo invisible para él?

Josh se inclinó contra la pared para apoyarse, temeroso de que el gigantesco hombre se aprovechara de él en cualquier momento.

Cayó la oscuridad.

Big Jax continuaba durmiendo.

Finalmente Josh se relajó lo suficiente como

para subirse a la litera superior y se acostó. No esperaba pegar un ojo, pero en algún momento de la noche se despertó y sintió una mano sobre su boca.

Ay, Señor, esta vez seguramente me va a matar.

Casi gritó pero Big Jax le hizo señas de que permaneciera en silencio.

"Amigo, no temas, no voy a lastimarte," susurró Big Jax. "No grites cuando quite mi mano. ¿Entiendes?"

Josh hizo lo posible para calmar los temblores y asintió.

Big Jax quitó su mano.

"¿Me llamaste amigo?"

"Eso es correcto, pero mantén tu voz baja," susurró Big Jax.

"¿Acaso me recuerdas?"

Big Jax apoyó su mano sobre el hombro de Josh. "Lo creas o no, te recuerdo perfectamente."

"¿Y no quieres matarme?" Josh se dio cuenta que estaba lloriqueando.

"Relájate, hombre. Tómalo con calma. No voy a lastimarte. Solo necesito hablar contigo."

Finalmente Josh recordó la palabra de Dios "*No se turbe vuestro corazón, ni tengáis miedo*" y se relajó. "Estoy escuchando."

"Siento lo que sea que haya ocurrido en el pasado," dijo Big Jax. "Algo me controlaba y me ordenaba que te matara."

Josh se quedó sin palabras mientras se recostaba en su litera y escuchaba.

"Ya no soy esa persona. Cuando dejaste Clanston, fui transferido a la misma celda que tu amigo Michael Reeves. Mi vida cambió desde entonces."

"Espera un minuto. Si estuviste con mi amigo Michael, ¿eso significa--?"

"Si, Josh. Fui salvado. Por cierto, Michael te envía saludos."

"Hombre, estaba muerto del miedo cuando oí que venías. No podía ni dormir. Me intimidabas y me asustabas tanto. Todavía estoy impactado. ¿Realmente eres cristiano ahora?"

"Shh. Sí, Josh, de hecho no soy más el dragón, ahora soy el *Descodificador.*"

"¿Qué rayos, hombre? ¿Me estás diciendo que Dios ya te dio un nuevo nombre?"

"Sí, lo ha hecho."

"Es asombroso, hermano, no puedo creerlo." La barbilla de Josh temblaba. "Yo todavía no he recibido un nuevo nombre."

"No te preocupes por eso. Estoy seguro que vendrá en el momento indicado," dijo Big Jax.

"Pero tenemos problemas mayores y necesito tu ayuda," continuó. "Mi antigua banda, mis pandillas todas están aquí. Ellos me estaban esperando, tú sabes, esperando grandes cosas.

Pero he cambiado y no soy quien ellos piensan que soy. Ya no."

Big Jax pasó su mano sobre su cabeza. "Viper era mi segundo al mando. No sé si lo has conocido, pero, él es--"

"Sí, él era mi compañero de celda antes de que vinieras."

"¿Qué? ¿Y todavía estás vivo? Vaya. Dios tiene grandes planes para ti porque Viper no espera. Él no discute las cosas. Solo va y mata."

Los dos nuevos amigos hablaron toda la noche, ya que Big Jax compartió su sueño con Josh.

"Debemos orar por dirección," dijo Josh. "Porque como nuestro amigo Michael dice, esto es algo profundo."

~*~

En la guarida de los malignos en Slattersville, Botis trajo noticias de que el equipo de los bastardos iba a pasar por el pueblo de su maestro una vez más.

"El momento ha llegado.," dijo Apolión. "Voy a aplastar a estos parásitos y los haré cenizas. Estos insectos no son nada. No escaparán esta vez."

"Sí, Mi Príncipe." Botis elevó su cabeza y lanzó fuego en un gesto triunfante.

"Llama a todas nuestras fuerzas, generales, comandantes. Llama a Malphas, Legión, Eligos,

Mastema, Samaels, Abdiel, Asmodee, a todos. Necesitamos reunirnos para la guerra." Apolión dio una sonrisa malvada. "Pero esta no será una batalla simple. Escribe mis palabras. Los vamos a masacrar."

"Por supuesto, Mi Príncipe." Botis dio un paso atrás e hizo una reverencia.

"Quiero que todos estén aquí dentro de veinticuatro horas porque en dos días estas pequeñas ratas estarán aquí. Tengo la trampa perfecta para ellos. No sabrán qué los golpeó."

"Será como lo desees." Botis se volteó y se fue para enviar el mensaje a las tropas.

En poco tiempo, la astuta trampa estaba lista y en posición. Las fuerzas malignas estaban listas para chocar, matar y destruir.

Capítulo 8

Antes de irse a su viaje a Slattersville, al siguiente día, el equipo pidió la guía de Dios. Cuando sus ojos se abrieron para ver el ejército celestial que los acompañaba, las oraciones perdieron su tono de triste súplica y se tornaron en una nota más optimista.

A pesar de que estaban preocupados por lo que encontrarían, esta vez estaban seguros que el Señor los había enviado.

Janet dirigió al equipo cantando himnos y alabando al Señor, mientras viajaban por el camino de Clanston hacia su destino. El entusiasmo fervoroso de ella y su emoción inspiraron a los demás.

Cuarenta y cinco minutos después, la camioneta se acercó a la ciudad que ellos tanto temían.

Los músculos del pecho de Anthony se contrajeron. "¿Quién es aquel hombre parado en la rampa?"

"¿Está entrando a la ciudad o está saliendo de ella?" preguntó Janet.

"Ahora está parado en medio del camino.,"

dijo Chris. "Tal vez solo está loco."

Con un destello de la armadura, el hombre tomó la posición de batalla. Una espada larga y brillante en su mano derecha apuntaba hacia ellos.

El pelo se erizó en la parte trasera del cuello de Anthony. "No estoy preparado para la batalla. ¿Está alguno preparado para la batalla?"

"No," dijo Abby.

"No," repitieron los demás.

"Por favor Señor, protégenos," gritó Anthony. "No pienso quitar mis ojos del camino."

"Recuerden el ejército que viene con nosotros, no hay necesidad de entrar en pánico," Michael les recordó. "Miren por las ventanas laterales y fíjense en ellos."

"*Paren,*" dijo el Comandante Élite con voz audible. *"Recojan al hombre y llévenlo con ustedes."*

"Sí, Señor." Anthony pisó el freno. "Pero ni siquiera sabemos quién es él."

"Pensé que ustedes nunca llegarían aquí," dijo el hombre mientras abría la puerta de la minivan. "Los he estado esperando."

"¿Esperando? ¿Por nosotros?"

"Sí, soy Daniel Samuels. El Señor me envío para ayudarlos."

Entonces Anthony vio su nombre *Emisario* en el hombro derecho. "¡Vaya! Tú eres a quien estuvimos esperando. Entra pronto y continuaremos el viaje."

~*~

"Je, je," Botis rió entre dientes. "Los tenemos, Mi Príncipe."

Apolión respondió con una sonrisa malévola y elevó sus alas de cuero. "Prepárense. El enemigo se está aproximando. Choquen, maten y destruyan todo."

"Pero Mi Príncipe, mire hacia delante." Malphas hacía gestos frenéticamente. "No podemos atacar, han venido preparados para la batalla y nos superan en número."

"Sí, miren eso," dijo Abdiel con una maldición. "El Comandante Élite los está guiando y están protegidos por el escudo del ejército celestial. Si atacamos, nosotros seremos los masacrados, no ellos."

Apolión bajó sus alas en señal de derrota. "Retírense por ahora. Retírense. Pelearemos otro día." Miró a sus hombres. "Necesitamos una nueva estrategia."

"Mi Príncipe, el escudo del ejército está haciendo un círculo alrededor de ellos. La luz está brillando tan resplandecientemente que lastima mis ojos," se quejó Samaels.

"Todos ustedes, retrocedan," Apolión dirigió a sus guerreros. "Escóndanse en la maravillosa oscuridad detrás de nosotros."

La ira llenaba al escuadrón del mal mientras los demonios se escondían y observaban pasar al ejército de Dios.

Rechinaban sus dientes. Sus ojos destellaban con odio.

~*~

"Manténganse firmes y estén preparados en caso de que el enemigo intente atacar. Puedo ver sus malvados ojos escondidos en la oscuridad," dijo el Comandante Élite al ejército Celestial. "Ellos pensaban que iban a atrapar al equipo otra vez."

"Qué ingenuidad la de ellos," dijo el Arcángel Gabriel.

~*~

Aunque Anthony sintió que la oscuridad envolvía a la ciudad ya no tenía miedo. El equipo planeaba visitar a Josh y a Big Jax, venían con las órdenes y la bendición de su Rey.

En menos de cinco minutos llegaron a la prisión de seguridad de Slattersville, y ya que Tadd James había sido transferido recientemente allí, les fue fácil entrar y llamar a los presos que querían ver.

Josh y Big Jax pronto fueron enviados a la sala de visitas donde los presos podían libremente recibir a sus visitantes.

En el momento en que Michael vio a sus ex compañeros de celda, puso un brazo alrededor de cada uno y les dio a ambos un abrazo. "Josh, mi hombre. Big Jax, estoy tan feliz de verte de nuevo."

"No estaba seguro de que pudieras venir," dijo Big Jax.

"Sí. Soy bendecido por poder estar aquí con todos los miembros de nuestro precioso equipo. Por lo menos podemos estar todos juntos."

"Tadd James," exclamó Josh. "No sabía que eras parte del equipo."

"Sí, lo soy, y he sido transferido aquí. Ustedes dos no estarán solos en esta prisión."

"Supongo que eso significa que tengo que disculparme por noquearte." Big Jax sacudió su cabeza y dio un suspiró exageradamente.

Eso rompió el hielo mientras todo el mundo soltaba una risita.

"Hemos estado esperando impacientemente por la llegada del Emisario para que nos dé más instrucciones.," dijo Anthony. "Pero el tiempo de Dios es perfecto y aquí está él."

Daniel Samuels inclinó la cabeza hacia uno de los prisioneros. "Ya he conocido a Josh."

"Sí, Daniel me visitó anteriormente y me dijo que tendría un nuevo compañero de celda. Qué gusto verte de nuevo, Hermano. Como pueden ver, mi nuevo compañero de celda llegó y todavía no estoy muerto."

Después de asegurarse de que Josh y Big Jax

conocieran a todos los demás miembros del equipo, Anthony defirió al Emisario. "Daniel, es tu turno, pero, ¿podrías darnos el mensaje del Señor en este momento?"

Daniel respiró profundamente. "Primero, es tiempo de confesar."

Anthony asintió con la cabeza en simpatía cuando Daniel mencionó que tenía una confesión. Después de todo, el equipo recientemente había hecho un verdadero desastre.

"Una vez fui un hombre joven, y como todos ustedes, mi corazón estaba lleno con el fuego del Espíritu. Como todos ustedes estaba entusiasmado por servir." Cerró sus ojos un momento.

"Tenía una grandiosa familia, una esposa, una hija y un hijo." Continuó.

"Dios bendijo mis esfuerzos. Era un líder internacional para muchos países, incluyendo Japón. Dios realizó milagros de todo tipo a través de mí. Él me dio los dones de Revelación, Poder e Inspiración. Fui bendecido más allá de las palabras."

Daniel sacudió su cabeza. "El problema surgió cuando comencé a creer que era imparable. De alguna manera a lo largo del camino, me perdí y dejé que el orgullo llenara mi corazón."

"Como nosotros," dijo Anthony.

Daniel asintió. "Entonces perdí a mi familia y todo lo que amaba. Ahí fue cuando abandoné el ministerio que se me había otorgado y bajé mi espada. Estuve cegado por muchos años."

Señaló a Anthony. "Cuando vi que venías a esta ciudad. Sabía que estabas pasando por lo mismo que yo había pasado. Pero incluso entonces, no estaba seguro si quería involucrarme."

Hizo una pausa y miró al grupo. "Resistí el pensamiento de volver a la pelea. Pero cuando fueron a esa habitación, escuché la orden dada por el gobernante de la ciudad."

Nadie hizo un sonido. Daniel tenía la atención de todo el equipo. Anthony ni siquiera estaba seguro que alguien estuviera respirando en ese momento.

"Ustedes fueron conducidos a una trampa sin saberlo. Y en ese momento comencé a sentir otra vez. Mi corazón ardía por dentro y las lágrimas llenaron mis ojos. Pedí perdón al Señor y Él me abrazó libremente. Ahí es cuando Dios me dio instrucciones específicas para cada uno de ustedes."

Anthony podía sentir que la tensión se desaparecía de la habitación mientras Daniel indicaba que pronto les entregaría el mensaje del Señor para ellos.

"Primero, necesitaba rescatarlos de esa trampa

malvada, porque no había manera de que lo pudieran hacer por sí mismos. No sin más entrenamiento. Los poderes de la oscuridad eran demasiado fuertes. Tampoco podía rescatarlos yo solo. Recibí la orden del Comandante Élite con Su ejército, para unir fuerzas conmigo y terminar la batalla antes de que fuese demasiado tarde."

"¿Puedes decirnos que sucedió?" preguntó Anthony. "No tenemos idea. Porque para entonces estábamos heridos y cegados."

"Con miles de espadas del ejército, combinadas con mi espada iluminada, ustedes fueron rescatados aquel día con un solo golpe. Luego el Señor me instruyó para decirles todo lo que había pasado."

Anthony levantó sus manos. "Alabado sea el Señor. Solo deseo que realmente pudiéramos haberlo visto."

"Tiempos oscuros se aproximan junto con una inminente guerra en contra de las fuerzas de la oscuridad. Pero ustedes no están preparados."

"Que bien que lo sabemos," estuvo de acuerdo Anthony. "Recibimos el mensaje, fuerte y claro, durante nuestra derrota aquel día. Nos imaginamos que necesitábamos pasar más tiempo en oración."

"Como he indicado, también necesitan más entrenamiento. Ninguno de ustedes entiende las implicaciones de los poderes que han recibido y algunos de ustedes ni siquiera han recibido sus poderes.

"Estoy seguro de que estás en lo correcto."

"El enemigo ha unido fuerzas y está gobernando esta ciudad. Puede que no lo hayan visto, pero estaban listos para aplastarlos cuando entraron en su dominio el día de hoy."

"Uf" dijo Janet.

"Dios les dejó ver el ejército que viaja con ustedes. Y ahora estoy aquí para instruirlos y entrenarlos sobre el poder de cada uno." Daniel vio a los dos presos. "Josh y Big Jax tienen una tarea final aquí en la prisión antes de que sean liberados."

Los ojos de Big Jax se abrieron. "¿Yo también? ¿Estás diciendo que seré liberado?"

"Sí, el Señor los liberará a ambos para que reciban el entrenamiento que necesitarán para la guerra más grande. Pero primero, ustedes dos todavía tienen algunas batallas que pelear en la prisión. Estén atentos y estén preparados. Esto no será nada fácil."

"Cualquier cosa que el Señor me pida, la haré," dijo Josh.

"Josh, tu mayor prueba está por venir." Daniel asintió su cabeza hacia Big Jax mientras continuó dirigiéndose a Josh. "Deben confiar el uno en el otro. La única manera de que puedas ganar esta batalla es convirtiéndote en uno con Big Jax. Ustedes dos serán compañeros en esta batalla."

Capítulo 9

Antes de que el equipo se despidiera, oraron junto con Josh y Big Jax. Luego, una vez más todos, se montaron en la minivan.

"¿Hacia dónde?" preguntó Anthony al Emisario.

"Si no es demasiado lejos de su camino déjenme en mi humilde morada, creo que podría preparar un bocadillo para todos ustedes."

"Suena bien." Abby frotó su estómago. "Parece que tengo un feroz apetito últimamente."

"¿Erin, qué le hiciste? Preguntó Janet con una risa.

"Ya veo cómo eres." Sonrió Erin. "Crees que ahora puedes culparme por todo."

"Para eso están los amigos," replicó Janet.

"Gira a la derecha aquí," dijo el Emisario.

"Vaya," dijo Janet. "Tienes una casa enorme y hermosa."

"Gracias, Janet. La construí durante el tiempo en que me llené de orgullo. Pensé que impresionaría a mi familia. Pero a pesar de todos mis esfuerzos los perdí."

"No pensaba que hubiera algo así de típico en Slattersville," dijo Anthony. "¿Qué tan grande es este lugar?"

"No tan grande. Solo 40,500 metros cuadrados. Estaba desvalorado cuando lo obtuve. La zona se había deteriorado y los valores de las propiedades cayeron. El antiguo dueño estaba atrasado en sus pagos. Por cómo se dio solo tuve que pagar los impuestos atrasados."

"Incluso con la cerca, no veo cómo la mantienes tan linda viviendo tan cerca de una ciudad como Slattersville."

"Sí, es verdad que Slattersville es una zona difícil. El sistema de seguridad ayuda," dijo el Emisario con una sonrisa graciosa. Marcó un código y la puerta se abrió para que pudieran entrar.

"Es como un parque aquí atrás," dijo Sandra. Es muy tranquilo. Me encanta."

"¿Construiste el patio tú mismo?" Tadd señaló a la gran superficie de ladrillos.

"A decir verdad, lo hice. Después de que renuncie al ejército de Dios, compré esta tierra y comencé a trabajarla. Esperaba que mantuviera mi mente ocupada."

"Diría que arrastrar esos ladrillos en verdad adormecería tu cerebro," dijo Tadd.

El Emisario se rió de ese comentario. "Entren, les daré un tour."

Lo siguieron más allá del garaje para cuatro vehículos y por las escaleras hasta el porche del frente de la mansión de tres pisos y entraron por las puertas dobles de la entrada. Un segundo grupo de puertas mostraba cómo había estado consciente de la seguridad cuando Daniel planeó la casa.

"¿Tienes un sistema de alarma en ambas puertas?" preguntó Anthony.

"Chico listo." El Emisario pasó a través de la segunda entrada. "Entren. Les mostraré como es abajo." Hizo señas con su brazo hacia la escalera de roble. "Después, pueden sentirse libres de explorar arriba por su propia cuenta mientras hago el almuerzo."

"Guau, Erin," dijo Abby a su amiga. "Echa un vistazo al cuarto de lavandería y la cocina. No puedo creer que la esposa de Daniel renunciara a algo como esto."

"Estaba asustada por esta ciudad. Después que dejé el ejército de Dios, no podía quedarse aquí. Así que nunca le dio una oportunidad a esta casa."

"Me encantaría trabajar en esta cocina. ¿Puedo ayudarte a preparar el almuerzo?"

"Yo también," dijo Erin. "Dinos que tienes en mente y muéstranos donde guardas todo."

Mientras las mujeres se quedaron en la cocina, los hombres vagaron por el resto de la casa.

Anthony quedó impresionado con la mezcla

de azulejos y pisos de madera y el revestimiento de mármol blanco. Subió las escaleras a los niveles superiores y miró dentro de cada una de las habitaciones. *¿Qué hace un hombre con nueve habitaciones y cinco baños?*

Cuando volvió al nivel inferior, vagó por la concina. Encontró a Erin y Abby ocupadas preparando una ensalada. Janet y Sandra se mantenían cerca de la estufa.

"¿Puedo ayudarlas en algo?" preguntó Anthony.

"Qué tal si llamas a los demás," dijo Daniel. "Podemos comer afuera en el patio."

No le tomó mucho al equipo reunirse. Mientras comían, Daniel le hizo preguntas a cada uno. Parecía que quería conocerlos a un nivel más personal y tenía una manera de hacer sentir a todos a gusto.

"Tengo una misión de trabajar con todos ustedes y estoy determinado a cumplirla, pero no puedo hacerlo solo," dijo Daniel finalmente.

Junto con los demás, Anthony fijó su mirada sobre Daniel.

"Como les dije antes, he sido enviado para entrenarlos en los caminos del ejército del Señor. Él nos ha dado a cada uno de nosotros dones espirituales y poderes. Yo sé que esto puede ser abrumador y al comienzo podría parecer un poco difícil para algunos de ustedes."

"Solo debes saber que estamos agradecidos que hayas aceptado instruirnos," dijo Anthony.

"Por cierto, tengo otra confesión. He estado tratando de encontrar la manera de cómo y dónde realizar este entrenamiento." Los ojos de Daniel se abrieron como si ese pensamiento se le hubiese acabado de ocurrir. "Después de verlos a todos juntos. ¿Hay algún otro lugar mejor para entrenarlos que en mi humilde residencia?"

Todos los miembros del equipo se rieron.

Anthony palmeó a Daniel en el hombro. "Si esa es la orden de Dios, estoy seguro que el equipo estará de acuerdo."

"Por supuesto," dijeron los demás al unísono.

"Ahora estoy seguro de que este fue Su plan todo el tiempo, cuando me dejó construir este lugar. Nuestra primera misión es que todos dediquemos algún tiempo a solas con Dios. Después, nos encontraremos aquí tan pronto el Señor me diga que Él está listo para que comencemos.

Capítulo 10

Al día siguiente, Anthony condujo a las cinco personas que vivían en la casa de Michael y Deborah a New Hope Trinity Church. Y por primera vez desde su conversión, Michael fue capaz de asistir a un servicio religioso dominical.

Michael estaba triste de que nunca había tenido oportunidad de conocer al Pastor Joe. Mientras los demás lloraban, él sin embargo se alegraba de estar sentado en el cómodo banco junto a la esposa de su corazón.

El pastor Joe debió haber sido un hombre maravilloso por la manera en que todos en la congregación elogiaban su memoria.

Para celebrar el regreso a casa de Michael, Deborah había invitado a los miembros del equipo a su casa después de la iglesia para compartir una sencilla comida.

Estaba encantado de ayudarla porque estaba harto de las comidas de la prisión. A él le encantaba usar la parrilla a gas y mezclar su propia carne de hamburguesas con una receta especial de adobo.

Cuando los otros habían llamado temprano ofreciéndose para traer algo, Deborah había aprovechado la oportunidad para descubrir las especialidades de comida campestre que cada uno de ellos preparaba.

Janet tenía una receta secreta de frijoles horneados que había heredado de su madre. Y mientras Michael asaba a la parrilla afuera, los frijoles horneados burbujeaban sobre la estufa en una olla de barro.

Sandra dijo que su ensalada de papas era la mejor de Ohio.

Abby llamó la atención por la forma en que presentó varios tipos de verduras frescas. "Erin me ayudará a preparar una ensalada," había dicho.

"Yo hago un envase promedio de helado hecho en casa." Puedo traer mi heladera," ofreció Tadd.

"Ya que solía trabajar con niños, perfeccioné algunas buenas recetas de galletas," dijo Chris. "Deberían ir bien con el helado de Tadd."

Eso hizo que Anthony y él se rieran de sí mismos. "En defensa propia Becky nunca me dejó cocinar." Pero yo hago un café fabuloso. Qué tal si pongo las bebidas. Después de todo, ¿qué es un día de campo sin gaseosas?"

Sin duda alguna, la ensalada de Erin y Abby se veía muy bonita como para desordenarla. Pero después de la oración por los alimentos, les llegó el hambre y el equipo llenó sus platos.

Fue interesante ver y probar lo que cada quien había llevado.

Anthony se había puesto a la altura de la ocasión y consiguió medio barril de madera para vino en la tienda Home Depot. Lo llenó de hielo triturado para enfriar allí las gaseosas en lata.

"Nunca te dije lo impresionada que estaba de que sacrificaras tu Porsche y compraras esa minivan," dijo Janet.

"¿Recuerdas la primera vez que me llevaste a New Hope Trinity Church?" Anthony preguntó. "Me disgusté cuando insististe en conducir tu Honda Civic en vez de venir conmigo. Entonces pensé en Becky preguntándome cuándo empezaría a ganar mi propio sustento otra vez. Esa fue la primera vez que se me ocurrió cambiarlo por algo más práctico."

"¿Y qué piensa ella al respecto?"

"Bueno, fue a mediados de agosto antes de que la consiguiera y no nos hemos visto desde entonces."

Janet lo golpeó en las costillas. "Seguramente has hablado con ella por teléfono."

"No seas tan dura con él," dijo Tadd. "Debe ser difícil tener una relación a larga distancia."

Michael los miró de reojo. "Cuéntame sobre eso."

"Planeo llamar a Becky esta noche y decirle que voy a estar en Ohio el próximo fin de semana." Será más fácil hablar con ella en persona. Ni siquiera sabe que pasé los exámenes del estado."

"Felicidades. El resto de nosotros no sabíamos eso tampoco. No se lo dijiste a nadie."

Anthony se encogió de hombros. "Parece que siempre hay temas más urgentes que discutir con todos."

~*~

"Mi Príncipe, estoy feliz de decirte que esta vez las cosas están yendo de acuerdo al plan," dijo Botis mientras se aproximada a Apolión. "Perdix y Succumbus han completado el trabajo con el viejo holgazán del Pastor Joe. El viejo no está más en la tierra de los vivos y la batalla por la gente que influenció es nuestra."

"Gran trabajo." Apolión sonrió diabólicamente. "Ahora podemos destruir esa pequeña choza que ellos llaman su iglesia. Pónganse a trabajar inmediatamente en la próxima fase."

"Sí, Mi Príncipe. Lo haré. Pero, hay algo más que necesito informarle, Mi Príncipe."

"¿Qué es ahora, Botis?"

"Estoy escuchando algunos rumores entre los comandantes malvados."

"Escúpelo de una vez," dijo con brusquedad Apolión.

"Hemos detectado señales de luces

parpadeando sobre nuestro derrotado viejo amigo, Daniel Samuels."

"No me digas. ¿Lo has comprobado más a fondo?"

"Sí Mi Príncipe. Hay rumores de que su Comandante Élite lo ha nombrado *el Emisario.* Eso no suena bien para nada. Fue un adversario digno y no queremos luchar de nuevo con él."

"¿Qué te preocupa? Lo derrotamos una vez. Lo volveremos a derrotar." Los ojos de Apolión brillaron. "Pero vigila de cerca sus movimientos. No podemos permitirnos ningún error en estos momentos."

"Sí, Mi Príncipe." Botis hizo una reverencia.

"¿Qué pasa con el otro trabajo? ¿Estamos listos para dar el golpe?"

"Sí, Mi Príncipe. Estaremos listos dentro de cinco días."

"Más vale que te asegures de que no haya problemas."

"No se preocupe, Mi Príncipe. Estoy trabajando directamente con Koroshiya san, el Asesino y la cruel Pat Williams. "No hay nadie mejor para ese trabajo que esos dos."

Apolión frunció el ceño. "Bien, no cometan errores esta vez, quienquiera que falle se las verá conmigo."

Capítulo 11

"Deja de quejarte." Beth Cooper se quedó delante de Robert Milton con las manos en las caderas. "¿Por qué no actúas como un hombre? No creo que lo amases tanto."

Sus palabras atravesaron a Robert como un cuchillo. Él frunció el ceño. "Por supuesto, amé a mi padre."

"Oh, cierto. Siempre te estabas quejando de las cosas que quería que hicieras, siempre maldiciendo y deseándole muerto. Ahora que se ha ido, estás actuando como un bebé."

Él se alejó de ella. "¿No puedes entender que me siento mal, Beth? Él era el único familiar vivo que me quedaba."

Ella le golpeó en el brazo. "¡Oh! ¿Y qué soy yo? ¿No soy nada para ti?"

"Por supuesto, eres importante para mí," mintió Robert.

"Estoy cansada de no poder salir en público contigo. Me he estado escondiendo por casi un año y he tenido que actuar como un fantasma. Me está cansando fingir que no nos conocemos."

Él bajó la cabeza. "Sí Beth, tienes razón. Lo siento. Es solo que odio todo esto."

"¿Odias qué, Milton?" Su voz era cortante. "¿Cómo te atreves? ¿De qué estás hablando?"

Robert sintió un sobresalto en lo profundo. Esta mujer podría perjudicar su reputación seriamente. Él puso sus brazos alrededor de ella "Lo siento, Bebé. No eres tú. No me di a entender."

"Yo sé que no soy tu esposa, pero ser tu amante debería darme algunos derechos. ¿No lo crees?"

Él necesitaba consuelo y acarició su mejilla. "Beth, querida. Te amo. De hecho, estoy loco por ti. Lo sabes, ¿verdad?"

"Supongo," dijo Beth con un suspiro.

"Lo que odio es este asunto de la iglesia. Nunca quise ser el tipo de hombre que actúa como si fuera santo."

"Sí, si no fuera por el dinero---"

"Exacto. Cuando mi padre me llamó para ayudarlo con las finanzas de la iglesia, me alegré porque eso me daba algún dinero extra, justo por el tiempo en que te conocí."

"Así que ahora que ya no está, ¿por qué no podemos vivir un poco? Después de todo murió hace cuatro semanas."

Robert respiró profundamente tratando de contener su ira. "Porque el dinero todavía no está en mis manos."

"Seguro. Pero, eso solo significa que todavía

tenemos que escondernos temporalmente. No que no podamos divertirnos un poco. ¿Cierto?"

"Por supuesto, podemos divertirnos." La abrazó otra vez y frotó sus manos de arriba a abajo de su espalda. "Pero odio tener que ir a la iglesia y fingir ser un pastor. ¿Qué estaba pensando Papá? No me malinterpretes, me encantan los beneficios. La admiración pública es una delicia. Tengo buenos ingresos, con buenas perspectivas financieras." Acarició su mejilla. "Y te tengo a ti. Lo mejor de todo eres tú."

"Sí, Nene," dijo Beth. "Te quitaré toda tu pena y tu dolor. Relájate corazón. Déjame traerte algo de tomar. Oye, vamos a hacer algo nuevo. ¿Qué tal si llamo a alguna de mis amigas para que nos haga compañía? ¿Alguna vez probaste un trío?"

Por lo celosa que era Beth, nunca esperó que sugiriera algo como eso. "Tú si sabes cómo alegrar mi día."

"Dime qué es lo que quieres, y haré la llamada. Hay una nueva chica en el club que quizás podrías disfrutar. Déjame sorprenderte, Nene."

Diez minutos después, la chica nueva tocó a su puerta. Era muy hermosa y parecía ser de origen Latino. Su pelo rubio lo atrajo y supuso que tendría más o menos diecinueve años. Tan pronto como Robert la vio, cayó en su trampa.

Este es el tipo de vida que adoro y no puedo permitir que nadie se entere, jamás. Tendré lo mejor de ambos mundos.

El no tan reverendo disfrutó pasar el domingo por la noche en casa de Beth y dejando que la chica nueva lo complaciera.

~*~

"Estamos haciendo un gran trabajo," dijo Succumbus, una belleza, apareciendo con su aspecto normal, con ojos oscuros, cabello oscuro, así como un corazón muy oscuro.

Un demonio lleno de recursos, ella se presentaba adoptando diferentes aspectos según la situación lo requiriera. En el pasado cuando había atacado a Abby, se había transformado de enfermera a un ser espantoso y demacrado.

Con su aspecto de lobo podía presentar hasta cuatro cabezas.

Y cuando su rabia la sacó de control, como cuando confrontó a Janet en la casa del Pastor Joe, se presentó como un tornado que mostró su actitud beligerante.

Ella miró a su compañero Perdix con una sonrisa malvada. "Nuestro amo estará complacido con los resultados de esta noche."

Pero ninguna sonrisa cruzó los labios del Demonio de la Desesperación. Pequeño de estatura, los ojos de Perdix permanecieron abatidos, de su garganta emanaban sollozos incluso cuando bailaba con supuesto júbilo por las palabras de Succumbus.

La ira aumentó repentinamente en él mientras el sonido de risas diabólicas le rodeaba. Pero no se atrevió a decírselo a Succumbus.

Hacía tres semanas que Dios le había dicho a Becky que era el momento de mudarse a Ohio. Pero todavía era una lucha.

"Nueva York ha sido siempre mi hogar," había orado. "Sé dónde está cada cosa y eso me encanta. Puedo ir a cualquier lugar, en cualquier momento para conseguir cualquier cosa que necesite. Mis amigos están aquí, mis compañeros de trabajo, mi trabajo, nuestra nueva iglesia, los amigos de Ben y la escuela."

Y aunque Dios había estado trabajando en ella, sabía que este iba a ser un cambio muy difícil.

"Tengo que dejar de esperar a que Anthony me diga qué fue lo que encontró antes de notificar a la oficina del doctor. ¿Debería decírselos ahora o esperar? Creo que, por lo menos, debo empezar a darle algo de información, ya que no sé la fecha exacta en la que él estará listo para nosotros."

"¿Mamá, estás hablando sola?" Ben le preguntó.

"Sí. Lo siento, estaba pensando en voz alta."

Dijo Becky. "Pero, ¿adivina qué? Papi viene a Nueva York para el fin de semana."

"Bravo," dijo Ben. "Estupendo."

"¿Te gustaría ayudarme a comenzar a empacar?"

"Pensé que Papá iba a venir aquí. ¿Por qué estamos empacando?"

"¿No crees que ya es hora de mudarnos a Ohio para estar con él?"

"Sí, ya es hora," Ben estuvo de acuerdo. "Tal vez pueda ir a una escuela de verdad cuando lleguemos a Ohio."

"Oh, Ben. ¿No te ha gustado el programa de la escuela que tenemos? El Pastor Good lo ha recomendado bastante."

Ben se encogió de hombros. "Está bien. Supongo."

"Ben, la cosa es que he aplicado en línea para hacer que mi licencia de Esteticista sea transferida a Ohio y acabo de recibir la información que necesito. Así que mientras espero un trabajo, había planeado seguir enseñándote."

"Está bien."

"Podemos estudiar en las mañanas y puedes tener las tardes libres igual que si estuvieras yendo a la escuela pública."

"¿Dónde viviremos?" Ben pareció perder el interés en la discusión acerca de su educación.

Becky comenzó a reír. "Creo que viviremos en el pequeño apartamento con Papi."

"¿En casa de la señora Deborah?"

"Ajá," dijo Becky. "Dios ha estado trabajando con mi orgullo."

"Genial."

"Así que el punto es que tenemos que empacar nuestras cosas. Estoy pensando que debemos guardarlas en casa de la Tía Janet durante un tiempo. Porque es tiempo de poner esta casa en venta."

"¿Por qué no podemos simplemente llevar nuestras cosas a Ohio?"

"Porque no tenemos ningún lugar para guardar nuestras cosas allá y su casa está disponible. Al menos por ahora."

"Me da igual."

"Podemos llevar nuestra ropa. Y estoy segura de que algunos de tus juguetes caben en la pequeña casa de huéspedes. Así que escoge dos de tus favoritos."

"Oh, mamá," Ben se quejó. "¿Solo dos?"

Capítulo 12

Preocupada por el ambiente turbulento en New Hope Trinity Church, Abby llegó temprano para el servicio del miércoles por la noche. Se acomodó en una banca en un lugar apartado e inclinó la cabeza, "Señor, sé que hay algo sospechoso detrás de la muerte del Pastor Joe, por favor oriéntame para saber de dónde viene el problema. Debemos ayudar a nuestra congregación a salir de esta tragedia."

No hubo ninguna respuesta de parte del Señor. En su lugar, Janet, Chris y Sandra caminaron hacia ella.

"¿Estás bien, Abby? Dios nos dijo que habías llegado temprano a la iglesia y nos envió para investigarlo."

"Sí, estoy bien. Simplemente no entiendo lo que está sucediendo y es inquietante. Estaba orando y pidiendo orientación. Enviarlos a ustedes tres aquí para estar conmigo deber ser Su respuesta."

"Espero que Él nos haya enviado como refuerzos," dijo Janet, "así que tomémonos de las manos y oremos juntos."

Uno a uno los cuatro miembros del equipo le

suplicaron a Dios que les mostrara cómo ayudar a esta congregación que habían llegado a amar. Le pidieron a Él que les ayudara a descubrir lo que realmente le había sucedido al Pastor Joe.

"Tengo una tarea especial para ustedes," dijo el Comandante Élite. "Los dividiré en parejas para hacer el trabajo. Tengan cuidado, pero no se asusten. Recuerden que les he dado esta tarea y estoy con ustedes."

La paz llenó el corazón de Abby cuando el Señor habló.

"He abierto sus ojos para ver lo que está sucediendo. Chris y Sandra, mantengan sus ojos sobre el Reverendo Milton esta noche. Abby y Janet, ustedes dos observen a los demás en la congregación y fíjense en cualquier cosa extraña que suceda en el edificio durante el servicio."

"Me siento mejor sabiendo qué dirección tomar esta noche," dijo Abby. "Ya que Janet estará al frente en el órgano, yo permaneceré en la parte posterior."

"Sandra y yo podemos quedarnos en los lados opuestos del santuario, pero lo suficientemente cerca como para que podamos ver el podio. De esa manera todo el lugar debe estar al alcance de nuestra vista."

"Es un gran plan." Abby asintió con la cabeza. "Por cierto, ¿sabían ustedes que el Reverendo Milton no va a predicar esta noche?"

Los ojos de Janet se abrieron. "¿Por qué no?"

"El Reverendo está tan devastado por el fallecimiento de su padre que ha delegado los sermones a Rick Watson por el resto de este mes. Él ha sido un anciano y pastor adjunto aquí en Trinity durante muchos años. "¿Aún no lo conocen?"

"¿Quieres decir al Hermano Rick?" preguntó Chris.

"Sí, el mismo. Bien, entonces todos ustedes lo han conocido."

"Yo también lo he conocido," dijo Sandra. "Lo hará bien. Es un buen hombre con un corazón para el Señor."

"Veo que el Reverendo está llegando ahora." Abby señaló hacia la puerta. "Ya que el Comandante Élite nos puso a los cuatro de guardia esta noche, podemos estar seguros de que algo va a suceder, pero qué, aún está por verse."

~*~

El Reverendo Robert Milton tomó asiento cerca del podio con Rick Watson. No tenía planes de asistir esa noche, pero deseaba sentarse donde pudiera ver y escuchar a Janet tocando el órgano. Cuando ella puso las manos sobre el instrumento, él se sintió en paz. Era como si ella tuviese el toque de un ángel.

Pronto los demás feligreses comenzaron a

llegar para el servicio de la tarde.

Janet tomó su lugar y la música del órgano flotó en el santuario.

El Reverendo Milton no pudo evitar sonreír por la alegría que sentía en ese momento. Algo indescriptible fluyó sobre y a través de él junto con la melodía del órgano.

Pero tan pronto como ella paró de tocar, el Reverendo supo que su pesada carga retornaría. Regresaría a su sentimiento normal de ira y odio.

Era bueno que él hubiese logrado ocultar sus verdaderos sentimientos. Tenía que hacerlo. Había tenido mucha práctica.

~*~

Mientras Janet tocaba el órgano, Sandra se paró del lado derecho del santuario, Chris tomó el izquierdo y Abby permaneció de guardia en la entrada principal.

De repente, Sandra agitó sus manos. Janet imaginó que los otros en la congregación pensarían que ella estaba siguiendo el ritmo del himno "Sublime Gracia."

Pero Janet sabía que Abby estaba enviando una señal. Se puso en alerta cuando se dio cuenta de que Abby quería que los otros tres miembros del equipo se percataran de la presencia oscura en la segunda banca de la fila del frente, donde se sentaron cinco mujeres jóvenes. Ella conocía a una de las mujeres como

Nina Patel. La otra era Beth Cooper.

Janet notó un oscuro ser que estaba sentado entre las dos jóvenes mujeres. A medida que Dios aclaró su visión, pudo ver que el ser oscuro se asemejaba a una atractiva mujer. Pero lo extraño era que la poderosa aura que venía de ella se extendía y casi cubría todo el banco. Ella debía ser un demonio muy poderoso. El problema era que Janet no podía discernir a cuál de las dos jóvenes mujeres estaba influyendo el demonio.

La música terminó y Janet se alejó del órgano.

Tan pronto la música se detuvo, otra aura oscura apareció y parecía irradiar desde el Reverendo Milton.

Janet muy nerviosa bajó del podio. Podía sentir su cuerpo tenso y preparado para la batalla. Seguramente no en la iglesia. Miró alrededor, temiendo por los otros miembros en el edificio.

"Esperen. Todavía no es tiempo para la batalla. Ustedes observarán, pero no lucharan esta noche," el Comandante Élite calmó su corazón.

Janet se estremeció mientras observaba la oscuridad crecer, cubriendo casi la iglesia entera. Ya no era simplemente la oscura presencia irradiando desde el Reverendo Milton y entre Nina y Beth.

Y el problema era que todavía no estaba claro de cuál de las chicas emanaba el aura negra.

Era una presencia fuerte y abrumadora como nada a lo que Janet se hubiera ya enfrentado. ¿Era esta la misma fuerza que había derrotado al equipo en Slattersville? Ese enfrentamiento los había desmoralizado y tenían la sensación de que todavía no estaban listos para luchar contra este enemigo.

Apenas podía concentrarse en el mensaje del hermano Rick. "Lo siento, Señor," oró en silencio.

"Mantente alerta," dijo su Comandante Élite.

La oscuridad en la iglesia se desvanecía mientras el hermano Rick utilizaba el nombre del Salvador una y otra vez en su mensaje. Pero la sombra todavía se cernía sobre Robert Milton y las mujeres jóvenes en la segunda banca.

Por fin el servicio de la iglesia terminó sin más incidentes. Los cuatro miembros del equipo se abrazaron mutuamente sin decir una palabra. Aún no era el momento de compartir su descubrimiento.

Capítulo 13

"Jefe."

"Dragón."

"Big Jax."

"Jefe, jefe, jefe."

Josh quería amarrar algo alrededor de su cabeza para bloquear el sonido que reverberaba a través del bloque de celdas.

"Los otros prisioneros no pueden saber acerca de mi cambio de lealtad," le dijo Big Jax a Josh. "El momento debe ser el adecuado. Yo sé que va a ser complicado, pero debemos ser muy cuidadosos."

"Sí. Seguramente no te gustó cuando cambié." Josh no le prestó atención. "Así que, ¿qué más hay de nuevo?"

"Están sucediendo muchas cosas en este momento, más de las que puedes ver y no sé si entiendes la situación en la que estamos metidos."

"Entonces cuéntame."

"No es solo porque eras tú y ahora soy yo. Por años he estado escalando alto en el liderazgo de la organización. No únicamente en las ciudades de Slattersville y Clanston, sino en otros lugares también."

"De alguna manera he percibido eso."

"Josh, voy a tratar de protegerte tanto como pueda, pero es importante que me escuches."

"Por supuesto. Entiendo eso. Y mientras   no pueda entender todo, el Señor está de nuestro lado. Así que realmente no estoy preocupado," dijo Josh. "Pero, confesaré que la manera en que todos los otros prisioneros están gritando tu nombre me está asustando."

Justo entonces, un guardia se paró junto a la puerta de su celda. "¿Necesita alguna cosa señor?" Miró a Big Jax.

El gigantesco hombre sacudió su cabeza hacia el guardia negando, sin decir una sola palabra.

"Lamento haberlo molestado, señor." El guardia giró bruscamente y se marchó.

"¿Que fue todo eso?" susurró Josh.

"Como te dije antes, hay más en este lugar de lo que puedes ver."

Josh tembló involuntariamente cuando sintió una fuerte presencia maligna acercándose a su celda. La puerta se abrió y una sombra oscura entró.

Una serpiente gigante similar a una anaconda se deslizó dentro de la habitación y terminó donde Josh y Big Jax estaban parados junto a las literas.

La serpiente levantó su roja cabeza y enfocó

sus punzantes ojos oscuros sobre Josh. La criatura abrió su boca y veneno goteaba de sus colmillos.

"Lo siento, jefe," siseó la voz de Viper. "Debí haberme desecho de esta rata antes. ¿Debo hacerme cargo de eso ahora?"

"Espera."

La serpiente echó su gran cuerpo hacia Josh.

"Dios ayúdame," gritó Josh.

"No temas, Yo estoy contigo."

Al mismo tiempo el Comandante Élite le habló y Josh se sintió transformado en un guerrero con una larga espada Messer en su mano. La espada se encendió en llamas y Josh plantó su pie como un guerrero listo para la batalla.

~*~

Big Jax ojeó el hombro derecho de Josh y vio que había recibido su nuevo nombre *El Políglota*. Big Jax estaba complacido por su compañero de equipo.

Sus músculos se crisparon para unirse a la pelea, pero una fuerza oscura le impidió moverse para ayudar. ¿Fue pronto dominado por las fuerzas del mal? Big Jax miró con impotencia cómo Viper fue a matar.

Políglota lanzó su primer intento de pegarle a la serpiente.

Viper la *serpiente* giró y esquivó el ataque.

Sus mandíbulas se sacudieron. Sus colmillos goteaban veneno.

Big Jax, *el Descodificador*, sabía que Viper, su antiguo subordinado, se estaba preparando para usar el veneno, su arma secreta, para asestar un golpe letal.

Dominando las fuerzas que lo habían detenido, el *Descodificador* se las arregló para moverse y agarrar la cabeza de la gran Anaconda con sus manos y detuvo el impulso de Viper.

"Dije, espera. Eso significa todavía no," rugió Big Jax. "¿No te das cuenta que podríamos necesitarlo después? ¿Me estás desafiando?"

Viper, la serpiente se deslizó hacia atrás. "Lo siento, jefe, no te había oído." Inclinó la cabeza hacia el suelo como en sumisión.

"Está bien, pero, todavía tienes mucho que aprender." La voz de Big Jax era ronca mientras trataba de disimular su nueva lealtad. "Aparte de este contratiempo, ¿estamos listos, Serpiente?"

"Sí, jefe, casi listos." La voz de Viper parecía pensativa y algo diferente. ¿Había notado algo sobre su jefe?

"¿Casi?" Big Jax mantuvo su rostro firme. "Entonces ve."

Viper le dio una última mirada a su jefe con sus ojos de reptil sin pestañear y se fue.

~*~

Había terminado en la esquina de la habitación, pero Josh estaba listo para continuar. Por supuesto, tenía miedo de bajar el ritmo. ¿Y si era su tiempo de irse? O si había mal entendido la señal de Dios. Todo tipo de pensamientos pasaron por su mente. No había visto la armadura de Big Jax. *Sé que es un tipo muy fuerte pero, ¿realmente había usado solo sus manos?*

"Pudimos haber ganado la pelea." La valentía de Josh se volvió una venganza. "Pudimos haber derrotado a Viper."

"Sí, Josh, lo sé, pero este no es el momento. Como dije antes, necesitamos ser muy cuidadosos, de otra manera, me temo que no sobreviviremos. ¿Recuerdas lo que te dije acerca de mis sueños?"

"Sí, lo recuerdo."

"No quiero ser una desilusión para mi nuevo Líder," dijo *el Descodificador.*

Unos pocos minutos después, apareció Tadd James. "Oí sobre un disturbio. ¿Qué hay, chicos? ¿Está todo bien por aquí?"

Josh compartió su inesperada batalla con Viper, quien había tomado la forma de una serpiente gigante.

"Pero él es un humano. ¿Fue esa la primera vez que lo habías visto asociado tan de cerca con un demonio?"

"Correcto," dijo Josh. "Y otra cosa, creo que algunos guardias están del lado del mal. Uno vino a ver si Big Jax necesitaba algo especial."

Los ojos de Tadd se agrandaron. "¿Me estás tomando el pelo?"

"No te está tomando el pelo." Big Jax compartió sobre quién era en realidad. Entró en más detalles con Tadd, ya que nunca había sido parte de eso.

Big Jax explicó cómo había controlado las bandas y todo en el pueblo desde adentro de la misma prisión. El haber sido encarcelado no perjudicaba los planes malvados. Enfatizó la necesidad de tomar precauciones y tener una charla relajada, cuando fuera y donde fuera que se encontrara Tadd en la prisión. "Lo digo en serio. No confíes en nadie aquí. Ni siquiera en los otros guardias."

"Está bien," dijo Tadd. "Pero realmente es una noticia triste. Realmente me indigno cada vez que oigo hablar del deshonesto cumplimiento de la ley."

"No te equivoques. Una gran tormenta está por llegar y necesitamos estar listos para ella. Si ellos se enteran acerca de mi nueva identidad antes de que Josh y yo salgamos de aquí, correremos un gran peligro."

"Yo seguiré orando por dirección," dijo Tadd.

"Como nosotros," agregó Josh.

~*~

Esa tarde hubo una gran conmoción justo afuera de Slattersville. Alguien estaba haciendo una fiesta.

Koroshiya San observó a las bandas que celebraban la llegada de Big Jax, el jefe, que había regresado a la ciudad.

No era un problema que se estuviera mudando a la prisión en lugar de la ciudad propiamente dicha, porque Big Jax y su segundo al mando, Viper Chambers, lo controlaban todo. Ellos controlaban la ciudad, la prisión y la distribución a través de la red, todo desde adentro de la prisión.

Y Koroshiya San, un americano alto y fuerte, de origen japonés, el tercero al mando después de Viper. Como su enlace fuera de la prisión, siempre buscaba honrar el nombre de su banda *El Asesino*.

Koroshiya San planeaba sobresalir y mostrarle al jefe qué tan bien iba el negocio y lo rentable que lo había mantenido. Seguramente sería propiamente recompensado.

"Debemos trabajar aún más duro ahora," dijo él.

"Sí, señor," respondieron todos sus subordinados a la vez.

Ahora que finalmente el jefe está aquí, ¿debería visitarlo o solo espero que nuestro plan salga bien? Koroshiya San recordó que se le dijo que esperara. *Está bien, esperaré.*

Levantó la cabeza cuando Pat Williams, la mano derecha de Koroshiya San y su mejor trabajadora, se acercó. Ella era una mujer cruel y despreciable, según los subordinados. Todos le temían y temblaban cuando sus órdenes se dirigían a ellos.

"Jefe," dijo ella. "Tenemos gente nueva que está llegando a la ciudad. ¿Deberíamos investigarlos?"

El meneó la cabeza. "Tenemos otras prioridades más urgente por ahora, pero si aparecen otra vez, quiero que descubras quiénes son, a dónde van y qué están haciendo en mi ciudad."

"Sí, señor." Ella se inclinó, dando la apropiada reverencia a su posición y después se fue.

Capítulo 14

Durante años, Daniel Samuels había sido como una sombra y nadie le había prestado mucha atención. Había explorado Slattersville con confianza. Pero desde que había vuelto a comprometer su vida al Comandante Élite, se hizo más consciente de lo que lo rodeaba y ansiaba algo que rondaba vagamente por su mente.

Sabía que este lugar era una fortaleza del mal. Lo había recordado cuando recientemente observó la influencia demoníaca en la prisión. Pero, ¿siempre había llegado tan lejos? Había sentido una presencia oscura mientras se aproximaba a lo que por mucho tiempo había considerado un área bastante neutral. Pudiera ser que necesitara encontrar un nuevo camino.

Daniel se acercó a un carro que estaba estacionado junto al camino un poco más adelante. Un hombre alto y musculoso apareció. Parecía familiar, como alguien del pasado de Daniel.

A medida que se acercaba el hombre se volteó y lo encaró. "¿Saliendo a caminar, viejo amigo?"

Cuando Daniel escuchó la voz, reconoció a su

viejo amigo Koroshiya San. Su expresión indicaba que esta no era una visita amistosa.

"He escuchado que tienes nuevos amigos," le dijo Koroshiya San. "Eso no es bueno. No permitimos gente nueva en el vecindario sino los nuestros. Debes alejarte de ellos."

Después de haber entregado el mensaje el japonés americano se volvió a montar en su carro. Pat Williams estaba sentada en el asiento del pasajero. Mientras Koroshiya San pasaba junto a Daniel, esa vieja cara familiar le lanzó un beso desde el carro.

Las cosas deben estar acelerándose por acá para que Koroshiya San y Pat Williams vengan a entregarme un mensaje en persona.

"Querido Señor," oró Daniel. "La tormenta viene y no estamos listos todavía. Tu equipo ni siquiera ha comenzado su entrenamiento."

~*~

Mientras tanto en la prisión, Viper miraba a Big Jax y a Josh andar sin prisa por el patio donde a los prisioneros se les permitía algo de tiempo libre.

Viper miró la banca vacía en frente de él, pero los dos compañeros de celda se sentaron en un rincón cerca de la reja junto a algunos de los demás.

Los internos sentados con Viper empezaron a hablar. "Parece que el jefe tiene una nueva marioneta," murmuró uno de ellos.

Hicieron más comentarios, los cuales Viper no apreciaba. A pesar de la orden de su jefe de esperar. Y especialmente porque el jefe había dicho que podrían necesitar a la rata, la serpiente estaba cegada de celos.

Es tiempo de pisarle la garganta a esa rata. Sin decirles ni una sola palabra a los demás, Viper se paró y se dirigió hacia Josh.

~*~

Josh sabía que Big Jax necesitaba continuar mezclándose con los demás y tranquilizar a los otros prisioneros. Así que no tuvo problema cuando Big Jax habló con los prisioneros sentados al otro lado y no le prestó atención.

Al escuchar un crujido a su derecha, Josh echó un vistazo y luego se apartó de la gran cabeza roja de la serpiente que se había abierto y estaba arremetiendo contra él.

"Tiempo para la batalla," dijo el Comandante Élite.

En un parpadeo, Josh estaba listo para la pelea. Le echó un vistazo a Big Jax, pero su compañero de celda estaba inconsciente de lo que estaba sucediendo justo a su lado.

La serpiente lanzó su primer ataque, y golpeó a Josh en el brazo izquierdo. Los otros prisioneros se dieron cuenta y formaron un círculo alrededor de los dos gladiadores.

"Pelea. Pelea. Pelea," coreaban.

~*~

El coro atrajo la atención de Big Jax. Se dio cuenta de que Josh estaba en gran peligro, pero no se podía mover para ayudar. *¿Debería simplemente ceder y revelar mi verdadera identidad?* Le preguntó a Dios en su mente.

"Esta es la pelea del polígota, se hará cargo de esta solo," contestó el Comandante Élite. "Quédate y observa."

Ambos gladiadores sangraban profusamente. Big Jax echó un vistazo hacia las torres de vigilancia. Con el círculo de prisioneros rodeando a Josh y a Viper, Big Jax estaba seguro de que los guardias no podían ver lo que estaba sucediendo. Seguramente para ellos, todo lucía normal.

El *polígota* balanceó su espada, golpeando a la serpiente en el lado izquierdo.

Entonces la Anaconda escupió su mortal veneno. "Eres mío, rata, tu tiempo se acabó."

Con una combinación de serpiente y humano, Viper agarró a Josh por su pierna izquierda, tirándolo al piso. Se paró sobre Josh tan fuerte que su pierna dejó de sangrar por un segundo.

"Todavía no se ha acabado." Con una cuchillada ascendente, la espada del *polígota* perforó la cabeza del reptil y cegó el ojo derecho de la Anaconda.

Retirando su cabeza, la Anaconda siseó de dolor. Como si fuese posible, la serpiente se hizo aún más grande. Abriendo la boca cada vez más ancha, la Víbora se tragó al políglota. "Glup. Glup. Glup."

"La batalla se terminó," aclamó la multitud. "La *serpiente* finalmente se tragó a la rata."

Un rugido vino del vientre de la Anaconda. *"En el nombre del Señor Jesucristo, déjame salir."*

La Anaconda se atragantó y vomitó al políglota.

El políglota todavía sostenía su espada y antes de que llegara al suelo rebanó el ojo restante de la Anaconda, cegándola por completo. "Eres t*ú quien está acabado.*"

El políglota preparó su espada para el golpe final cuando dos guardias lo agarraron y lo arrojaron al suelo.

"Llamen a los paramédicos," gritó uno de los guardias. "Estos dos hombres están gravemente heridos."

Sammie, el segundo al mando después de Viper, se acercó a Big Jax. "Oiga, Jefe, el golpe es esta noche. Esté preparado."

Sammie echó un vistazo a Viper y a Josh y se fue.

~*~

Tadd agarró a Josh por un lado y otro guardia

ayudó a colocarlo sobre una camilla.

"Te tengo cubierto, Josh," dijo Tadd. "Relájate, te tengo."

Echó un vistazo a los demás prisioneros. "Nada que ver por aquí. El espectáculo se acabó."

Después de que el otro guardia ayudó a cargar a Viper, Tadd caminó junto a él y empujaron a ambos prisioneros a la enfermería. Tadd se aseguró de que no dejaran a los dos prisioneros cerca el uno del otro.

Luego de que el doctor trató a Josh, Tadd fue a la celda de Big Jax para informarle de la condición de Josh.

¿Cómo está? Preguntó Big Jax en cuanto Tadd entró a la celda.

"No está tan bien. Su brazo y pierna fueron lastimados gravemente y se están poniendo negros. Viper no puede ver, pero está bien."

"Tadd a la central, "chilló el walkie-talkie."

"Copio central."

"Repórtese a la oficina."

"Entendido." Tadd se fue en una carrera.

Cuando Tadd llegó a la oficina, se sorprendió de ver a un visitante. Erin Ludwig vino disfrazada como le indicó el Emisario. Nadie sabría que estaba en la ciudad.

"Llévame con Josh," dijo ella. "El Señor envió palabras de sanidad para él. Necesitamos apurarnos porque el veneno está a punto de matarlo."

"¿Veneno? ¿Qué veneno? ¿De qué estás hablando?

"¿No viste la pelea? Luchó contra una gran serpiente y fue mordido en su brazo y pierna izquierda. El veneno en su cuerpo es la razón por la cual se está poniendo negro.

"¿Pero, cómo puedes saberlo? preguntó Tadd.

"Lo vi todo. El Señor me lo mostró todo en el camino para acá, como si fuera una película."

Sin palabras, Tadd tomó la mano de *la Restauradora* y la llevó a la enfermería, donde yacía Josh.

"Josh." Erin se apresuró a su lado. "El Señor me envió para sanarte."

Él no respondió ni se dio cuenta de que ella estaba allí.

Ella colocó sus manos sobre las partes negras de su cuerpo y oró de todo corazón por su sanidad.

Tadd se maravilló cuando el brazo de Josh retomó su color natural y saludable. Echó un vistazo a la pierna de Josh. "¡Sigue negra!"

"Señor, me vendría bien un poco de ayuda aquí." Dijo Erin mientras continuaba masajeando la pierna de Josh.

"Mira eso," dijo Tadd mientras la pierna volvía al color normal de la carne de Josh y era sanada.

"Bien hecho, *Políglota*" La Restauradora le dio

una última palmada. "Diste una buena pelea. El Señor te ha recompensado restaurando tu salud."

"Buen trabajo, Restauradora y Políglota," el Comandante Élite habló con voz audible.

Por primera vez Tadd James se vio a sí mismo transformado en un guerrero.

"Tadd, mi fiel siervo, tu nombre ha sido cambiado a *Juez.* Honra los dones y tu nuevo nombre," dijo el Comandante Élite en voz alta.

"Juez, este próximo mensaje es solo para tu corazón. Los demás no deben alarmarse con el mensaje. Pero debes saber que la batalla en esta prisión no ha acabado. Debes quedarte en la celda con Josh y Big Jax esta noche. La tormenta oscura de la que has oído hablar está por llegar."

"Señor, me quedaré aquí como lo has ordenado," contestó Tadd en su corazón.

"Los tres necesitarán permanecer juntos para ganar esta batalla," contestó el Comandante Élite solamente al corazón del *Juez.*

~*~

Big Jax se preocupó por Josh, pero mientras oraba por la completa recuperación de su compañero de celda, sintió que la paz lo cubría.

Pronto Tadd envió a Josh a la celda, completamente recuperado y sanado.

"¿Tan pronto? ¿Cómo puede ser? Josh, estabas sangrando y gravemente herido. ¿Cómo te curaste tan rápido? ¿Qué sucedió?" preguntó Big

Jax.

"Dios me envió a la *Restauradora* a la enfermería."

Big Jax se maravilló. "Alabado sea el Señor por ella."

"Ojalá hubieras podido ver su piel perder el horrible color morado negruzco y regresar a su tono de carne normal. Fue inspirador," dijo Tadd, "Por cierto, hoy me han dado mi nuevo nombre."

"Dinos cuál es."

"*El Juez.*"

"Felicidades," dijo Big Jax.

"¿Aprendiste el significado de tu nombre?"

"Estoy seguro de que todos aprenderemos más acerca de nuestros nombres cuando hayamos tenido más entrenamiento. Pero, muchachos, esas no son todas las noticias. El Señor dijo que una oscura tormenta viene a la prisión. Me instruyó a que me quedara aquí con ustedes dos. Dice que necesitamos permanecer juntos para sobrevivir la noche."

"Eso es grandioso," dijo Big Jax. "Recibí noticias mientras Josh estaba peleando de que el golpe es esta noche. Me preguntaba cuándo el Comandante Élite revelaría sus planes."

"¿El golpe?" preguntó Josh.

"Sí. ¿Qué quieres decir, de qué se trata este golpe? preguntó Tadd.

"Mi antiguo equipo ha organizado un plan

para sacarnos a Viper, a Sammie y a mí de prisión. Y esta noche es cuando sucederá."

"Pero, ¿qué pasará en realidad?"

"El papeleo y todo ya está hecho. Nadie sabrá qué sucedió aquí esta noche y mañana todo parecerá legal ya que los papeles ya están listos."

"¿Qué hay en cuanto a Josh? preguntó Tadd. "¿Qué hay en cuanto a los compañeros de celda de los demás durante el *golpe* del rescate?"

"Te puedo decir esto. La gente que entrará esta noche es muy peligrosa. Cualquiera que esté en su camino perecerá," dijo Big Jax. "Koroshiya San y Pat Williams están dirigiendo el ataque."

"¿Quiénes son?"

"Son muy poderosos. Están justo por debajo de Viper, quien está debajo de mí," dijo Big Jax. "Escucha Tadd, lo que sea que pase esta noche, no entres en batalla. No te acerques a ninguno de estos dos. Eso también va para ti, Josh."

"¿Entonces por qué nuestro Comandante Élite me dijo que viniera aquí si solo se supone que me siente y mate el tiempo mientras el golpe sucede?

"Te dije que evitaras a Koroshiya San y a su secuaz Pat Williams. Fácilmente los reconocerás. Koroshiya San es totalmente calvo con una corta barba y ojos oscuros, casi negros. Está por encima de los dos metros de altura, pero, si se empareja con un demonio puede llegar a medir como dos metros setenta centímetros."

"Supongo que no me meteré con él," dijo Tadd.

"Tú tampoco, Josh," advirtió Big Jax.

"Te escucho," dijo Josh.

"Muy bien. En cuanto a Pat Williams, no se dejen engañar por su belleza, es famosa por su crueldad y por su despreciable forma de matar. Tiene el cabello corto a media melena y ojos verdes profundos. Y por cierto, es conocida como la *Pitón*."

"Otra serpiente." Josh se estremeció.

"No cometan ningún error, la Pitón es mucho más letal que Viper."

Tadd James asintió. "Aun así, el Señor me dijo que me quedará con ustedes dos muchachos. Al menos, en caso de batalla, no estaremos solos, estaremos juntos."

"No te involucres," dijo otra vez Big Jax. "No te involucres."

"Sí, sí. Te escuché," dijo Tadd. "Pero escuchen. Tengo un plan."

Capítulo 15

"Cuando sea tiempo de atacar, ustedes vayan con Koroshiya San," dijo Apolión. "Los necesito para que se aseguren de que no haya errores."

"Sí, Mi Príncipe." Botis dio un paso hacia atrás y se inclinó. "Tal como lo desee."

Mientras la tarde caía, las fuerzas Malignas se reunieron y esperaron a su amo para las instrucciones.

"Ya es tiempo." Apolión elevó sus alas de cuero en un poderoso despliegue. "Vayamos a la prisión y saquemos a mis marionetas."

Los autos se movieron hacia su destino preparados para aplastar y destruir todo lo que estuviese en su camino.

Las fuerzas malignas siguieron a los siete vehículos fuertemente blindados llevando a los más peligrosos seres humanos a la ciudad de Slattersville.

~*~

El Emisario, el vigilante olvidado hace mucho tiempo de Slattersville, se sentó en el viejo edificio familiar donde había vigilado a la ciudad antes de su caída.

Miró fijamente a los autos blindados llenos de

la pandilla preparándose para recuperar a su líder. No tenían idea que el dragón se había cambiado de bando y ahora era un cristiano y llamado el Descodificador.

"No te involucres, solo observa," dijo el Comandante Élite al corazón del Emisario. "Dejaré que tu visión penetre los muros de la prisión. Observa y escucha este evento mientras se desarrolla."

La prisión estaba envuelta en la oscuridad, y el Emisario solo podía ver tres luces tenues. Los espíritus de Tadd, Josh y Big Jax brillaban en medio de la oscura penumbra y podía fácilmente determinar con exactitud su posición.

Cuando los vehículos llegaron a la prisión ningún guardia intentó detenerlos. Entraron fácilmente como si fuera un acontecimiento de todos los días.

"Viper está en la enfermería," dijo un guardia a Koroshiya San. Estuvo en una trifulca y está ciego. Sammie está con él, pero no está lastimado."

Koroshiya San miró a Pat Williams. "Esto puede ser un problema en nuestros planes. Ve por ellos."

"Sí, señor."

~*~

"¿Cómo dejaste que esto ocurriera?" Preguntó Pat Williams mientras se inclinó sobre la cama donde yacía Viper.

"Solo cállate y sácame de aquí," siseó Viper.

"¿De qué sirves si no puedes ni meterte en líos?"

"Yo cargaré a mi jefe hasta afuera," dijo Sammie.

Sammie levantó a Viper y Pat Williams caminó junto a ellos.

"Detengámonos y vayamos por el Jefe," dijo Viper.

"Koroshiya San está en camino a su celda ahora," dijo fríamente Pat Williams. "Debemos encontrarlos en la puerta principal en cinco minutos."

~*~

Tadd, Josh y Big Jax estaban esperando en la celda cerrada, cuando Koroshiya San llegó.

"¿Qué es esto? Se suponía que la puerta estaría abierta." Miró con furia a Josh y luego a Tadd. "¿Tres en una celda?" Apuntó su cabeza hacia Tadd. "Tú allí, guardia abre la celda o los mataré a ambos."

Koroshiya San pasó su mirada a Big Jax. "¿Está bien, Jefe?"

"Estoy bien," dijo Big Jax. "Pero parece que no me voy."

El rostro de Koroshiya se enrojeció mientras maldiciones indecentes salían de su boca. "¿Qué diablos está pasando?" Sacó su espada japonesa

Honjo Masamune lista para rebanar entre los barrotes y matarlos.

Tadd apuntó su Glock 22 a la sien de Big Jax. "Este prisionero no se va vivo de la prisión."

Josh tomó una Smith & Wesson M&P 9 y la apuntó directo al corazón de Koroshiya San.

Los ojos de Koroshiya San se agrandaron. "¿Qué salió mal, Jefe?"

"Larga historia," dijo Big Jax con un tono de derrota. "Solo vete sin mí, por ahora."

"Señor, solo tenemos dos minutos. Tenemos que irnos ahora," le dijo Kimura Ichi San a Koroshiya San.

Pero Koroshiya San estaba perplejo y no se movía.

"*Ikuzo.*" Kimura Ichi se repitió a sí mismo en japonés.

Entonces Koroshiya San se apartó de la celda, sin quitar sus ojos de Big Jax hasta que llegó al final del pasillo. Se dio vuelta, caminó fuera del bloque de celdas y del edificio.

Daniel observó mientras salían de los terrenos de la prisión sin un solo incidente, excepto que se llevaron a Viper y a Sammie con ellos.

~*~

Big Jax sabía que no podía irse con Koroshiya San. No se atrevió. Pero nadie nunca podría saber lo que realmente había ocurrido en su celda esa noche, o todos ellos estarían en gran peligro.

Tadd James estaba especialmente en riesgo con las autoridades por prestar su arma a un prisionero. Pero estaba aún en más riesgo con las fuerzas malignas por apuntar su arma a Big Jax.

Todo era parte del plan que los tres habían armado, y Big Jax había acordado que era la única manera de convencer a su antigua pandilla de dejarlo allí.

~*~

Koroshiya San salió corriendo del edificio y entró en uno de los autos, dando un portazo detrás de él.

"Qué sucedió," preguntó Pat Williams. "¿Dónde está el Jefe?" ¿Realmente no necesitamos a estos sin él, verdad?"

"Fue la cosa más rara. La celda estaba cerrada. Nada salió según el plan y el Jefe dijo que no vendría." Koroshiya San sacudió la cabeza desconcertado. Luego, en el auto, compartió la historia completa con los otros miembros de la pandilla.

"¿Crees que se cambió de bando?" Siseó Viper.

"Imposible," dijo Koroshiya San. Nunca abandonaría su posición. Trabajó duro para llegar a la cima. Además, se veía tan aturdido cuando me fui."

"No lo sé," dijo Viper. "Ha estado actuando extraño."

"Bueno, Viper. Solo recuerda que no nos sirves

ciego," dijo Pat Williams.

"Llevemos a la serpiente con el brujo y que lo cure," sugirió Sammie.

Koroshiya San estaba frustrado. Se las habían arreglado para sacar a estos de la prisión pero el más importante, el Jefe, no lo logró.

Había querido hablar con él. Estaba seguro que podía ser más útil al dragón que Viper. Había esperado ascender como el segundo al mando.

Necesitaban al Jefe y tendrían que planear otro golpe pronto.

~*~

"Mi Príncipe, me temo que el dragón ha cambiado su lealtad." Reportó Botis a Apolión.

"¿Qué? ¿Estás seguro de eso?"

"No estoy seguro todavía. Lo averiguaré Mi Príncipe, y se lo haré saber."

"Así que, ¿por qué sospechas que se ha cambiado?"

"El dragón no masacró a ese traidor, Josh Pennington, cuando volvió a Clanston. Era mío y no me gusta perder."

"¿Te desafió en Clanston?"

"No me malinterpretes, el dragón se las arregló para hacer bastante daño, pero alguien movió a Josh fuera del alcance mandándolo a Slattersville."

"Pensé que era por eso que secretamente

controlabas las acciones para trasladar al dragón a Slattersville también. Y nada menos que como compañero de celda de Josh."

"Eso es correcto Mi Príncipe. Pero Josh Pennington todavía está saludable. Nada ha sucedido desde que el dragón llegó. Así que voy a investigar."

"Asegúrate de traerme un reporte inmediatamente."

"Sí, Mi Príncipe."

Capítulo 16

"Bienvenido a casa cariño, ¿cómo estuvo tu viaje?" Becky saludó a Anthony con un fuerte abrazo y un beso.

"El camino fue largo y agotador, pero valió la pena cada minuto." Anthony sonrió. "Cómo los he extrañado."

"Papá." Ben bajó corriendo las escaleras como una pequeña tormenta y levantó sus brazos. "Estás en casa."

Anthony se inclinó y abrazó a su hijo.

Ben saltó al cuello de su papá para abrazarlo y besarlo.

"¿Qué pasa, Amigo? Seguro tienes mucha energía esta noche."

"Él siempre tiene mucha energía," dijo Becky.

"Te extrañé, Papá. Eh, Papá. ¿Puedo ver tu armadura? ¿Tu espada? ¿Has peleado más batallas? ¿Tu jefe ha —?"

Anthony se rió cuando Ben no le dio la oportunidad de decir una palabra en respuesta en la conversación.

"Despacio, Ben," Becky amonestó a su hijo.

"Está bien, Mamá." Ben miró a Anthony y sonrió.

"Eh, Bateador. ¿Por qué no salimos y lanzamos algunas bolas? Veamos si podemos drenar algo de esa energía."

"Seguro, Papá. Pero, ¿adivina qué?"

"Estoy escuchando. ¿Qué tienes que decir, amigo?"

"Mamá dice que estamos listos para mudarnos a Ohio. Cuando tú lo digas. Incluso ya tengo mis dos juguetes empacados."

Anthony rió. ¿"Solo dos?"

"Sí, son las órdenes de mamá. Tenemos que guardar el resto."

~*~

Becky terminó de preparar la comida y después se paró junto a la ventana. Disfrutaba ver a sus dos amores jugar en el patio.

Se sentía bien tener a su familia junta. Pero todavía sentía una punzada de aprensión cuando pensaba en mudarse a Ohio. Toda la idea estaba más allá de su nivel de confort.

Pero tenía que obedecer el mandato del Señor. Además, la idea de que estarían juntos como una familia la reconfortaba.

"Eh, chicos, la cena está lista, por favor entren."

Ben permaneció tranquilo durante la comida.

"Excelente comida," dijo Anthony. "Echo de menos tu cocina."

"¿Eso es todo lo que extrañas?" bromeó ella.

"No cocina así cuando tú no estás," dijo Ben.

Becky siguió recordándose que tendrían más buenos momentos como este cuando se mudase. Ya era hora.

Después de su cena, Anthony se ofreció a llevar a Ben a la cama mientras ella limpiaba. "Te ayudaré a terminar cuando baje," prometió.

Ben tiró de la mano de Anthony. "Tienes que leerme un cuento."

"Por supuesto, hombrecito. Por supuesto." Anthony siguió a su hijo por las escaleras.

Becky tarareaba mientras limpiaba los platos y llenaba el lavavajillas. Se alegró cuando escuchó los pasos de su marido bajando las escaleras. Era el momento para estar solos.

"Tengo una gran noticia," dijo Anthony mientras estaba detrás de ella y acariciaba su cuello. "Esperé hasta que pudiera decírtelo en persona."

"¿Qué es?"

"Por fin he podido establecer mi nueva oficina en Clanston y ya estoy trabajando con algunos clientes nuevos."

"Eso es grandioso, Cariño," dijo Becky. "Me alegro de que sea en Clanston. Busqué en Google Slattersville y esa ciudad no parece ser un lugar muy deseable para criar una familia."

"Tienes razón acerca eso. Pero esas no son todas mis noticias. También he alquilado un pequeño apartamento para nosotros tres, estoy seguro de que te va a gustar. También está en Clanston."

"Debes saber que Ben y yo estamos listos para ir contigo. Ya he presentado mi renuncia en el trabajo. Y he solicitado también la transferencia de mi licencia para Ohio."

"Guau. Esa es una gran noticia," dijo Anthony.

"Tomará aproximadamente cuatro semanas para que entre en vigor el proceso de transferencia de la licencia."

"¿Así que no puedes comenzar la mudanza por un mes?"

"No dije eso. Solo que no puedo conseguir un trabajo en Ohio hasta dentro de un mes. No en mi profesión elegida de todos modos."

"No te preocupes por nada. Estoy seguro que puedo mantenerte ocupada."

Becky rió.

~*~

Después de su experiencia en el servicio de adoración la noche del pasado miércoles, el equipo se dio cuenta que necesitaban seguir prestando mucha atención a todo lo que sucediera en New Hope Trinity Church a partir de la muerte del Pastor Joe.

Aunque el Reverendo Robert Milton seguía todavía siendo tan guapo como siempre, Janet había notado que el resplandor y la encantadora presencia que había tenido en el pasado parecían estar desapareciendo. Pero tal vez eso era de esperarse. Después de todo, estaba todavía de luto por la muerte de su padre.

Janet sentía que estaban ocurriendo más cosas de lo que podían ver en la superficie. Algo estaba detrás de todo esto, pero no podía entenderlo todavía.

Se sentía especialmente a gusto en esta iglesia desde que el Reverendo le había dado la oportunidad de tocar el órgano y quería descubrir cuál era el problema.

El domingo, el equipo acordó reunirse antes del servicio y hablar acera de sus inquietudes y luego reunirse otra vez más tarde y compartir cualquier cosa que notaran en el servicio de la tarde.

Chris fue el primero en expresar sus pensamientos. "No tengo problema con que el Reverendo Milton delegue algunas de sus funciones y que confíe en la gente en la congregación. Realmente es una idea maravillosa porque da oportunidad de preparar nuevos líderes para la iglesia."

Abby asintió con la cabeza. "Sí, él es un tremendo hombre de Dios. Está aquí para la mayoría de los servicios. Pero sé que sigue estando de duelo por el Pastor Joe, como lo estamos todos."

"En el servicio del miércoles nos dimos cuenta del aura oscura que cubría a algunas de las mujeres jóvenes," dijo Sandra. "Sin embargo, no pudimos determinar quién estaba siendo influenciada. Será bueno que estemos más de nosotros aquí esta vez. Por favor, observen con cuidado esta noche."

Cuando terminó el servicio, el equipo decidió ir a cenar.

Todos se reunieron en el restaurante. Deborah, Michael, Janet, Abby, Tadd, Sandra, Erin y Chris. Todos menos Anthony, que había ido a Ohio por el fin de semana.

Michael se volvió hacia Janet. "Quiero que sepas que tu música realmente me bendijo esta mañana."

"Y el mensaje también fue maravilloso," dijo Deborah. "Me sentí tan bendecida y no noté nada fuera de lugar como creo que podrían haber estado buscando."

¿"No viste oscuridad cerniéndose sobre el Reverendo Milton?" Sandra preguntó.

"Lo noté el miércoles pasado al terminar de tocar el órgano," Janet dijo pensativamente. " No lo había notado antes y no puedo decir que noté algo esta mañana tampoco."

"Por esta razón dudé en mencionarlo antes de ahora." Sandra suspiró. "La presencia oscura es intermitente. Creo que la veo y luego se ha ido.

Había planeado investigar más antes de mencionar algo."

"Anthony me enseñó que la oscuridad puede indicar influencia demoníaca," dijo Michael. "Como cuando me conoció por primera vez. Así que si cualquiera de nosotros ve alguna cosa que nos haga sospechar algo como eso tenemos que discutirlo."

"Pero, ¿estaría un demonio dentro de la iglesia?" Chris frunció el ceño como si el pensamiento lo angustiara. Lo que probablemente hizo. "Esperaba que el Santuario siempre fuera un lugar seguro."

"No olvides la parábola del trigo y la cizaña." Dijo Sandra. "La mayoría de la gente no piensa en eso, pero los demonios pueden estar dentro de la iglesia también. Se necesita el poder de Dios para echarlos."

"Creo que tienes razón." Chris asintió. "Porque esta mañana vi algo que puede ser una presencia de demonios revoloteando alrededor de una joven en la iglesia. La miré de cerca y estaba mirando al Reverendo Milton de una manera muy extraña. Se sentía como lujuria y lascivia."

Ante esto Abby vaciló. "¿Te refieres a Beth Cooper, la mujer que se sentó en la banca a mi izquierda?"

"No." Chris movió la cabeza. "Era la chica junto a ella, la más joven. He conocido a Beth

Cooper ya y ella parece bastante agradable."

"Oh, tú debes decir Nina Patel," dijo Abby.

"Sí." Chris estuvo de acuerdo. "Creo que ese es su nombre."

"Sé a ciencia cierta que ella está enamorada del Reverendo," dijo Erin. "Aun así, él es muy conservador. Por lo que sé, nunca le ha dado ningún ánimos."

"Espero que no." Chris levantó las cejas ante eso. "Había pensado en hablar con él, pero quería comentarlo con el resto de ustedes primero."

"Obviamente, tenemos que vigilarlos de cerca a esos tres," dijo Michael en voz suave. "Y tenemos que vigilar cualquier otra actividad sospechosa en la iglesia."

Capítulo 17

Dos meses pasaron sin más incidentes o batallas para el equipo. Era como si las fuerzas del mal se hubieran ido de vacaciones durante el invierno.

La luz llenó el santuario en New Hope Trinity Church. El equipo disfrutó de los sermones dados por Rick Watson. De hecho, parecía haber tomado las riendas de la iglesia.

Tal vez era solo la calma antes de la tormenta, pero Anthony estaba complacido. Su familia se había instalado en el apartamento en Clanston, y él todavía estaba construyendo su base de clientes en su bufete de abogados privado.

Janet había dejado de trabajar en el sistema de prisiones de Clanston y ayudaba a Anthony en su oficina. Prometió hacerse cargo y educar en casa a Ben cuando Becky tuviera su propia oficina dermatológica establecida.

Las perspectivas de Becky estaban mejorando gracias a las conexiones de Abby y Erin en el hospital. Pudieron presentar a Becky con los médicos que estarían dispuestos a remitirle pacientes.

Y Sandra, con su vasta experiencia, había ayudado a instalar la oficina de Becky en el mismo edificio donde ella estaba.

Michael y Deborah continuaron creciendo juntos en el Señor.

Chris había tomado un trabajo como ministro de la juventud en la iglesia.

Y Tadd mantuvo al equipo informado del progreso de Josh y Big Jax, mientras les daba a las dos reclusas noticias de los miembros individuales del equipo.

Esa tarde Anthony sintió un crujido en el aire.

"La tormenta más oscura se acerca y todos ustedes necesitan estar listos. Es tiempo de empezar su entrenamiento, vayan con el Emisario y lleven a todos los miembros del equipo con ustedes. Él los está esperando," dijo el Comandante Élite.

Dios debió haber hablado con todos los miembros del equipo porque cuando Anthony llamó, todos contestaron con la misma respuesta y estaban de acuerdo y listos.

~*~

Después de un largo silencio, las palabras llegaron al Emisario.

"Josh ha cumplido su sentencia, y sacaré a Big Jax de la prisión también," dijo el Comandante Élite. "Ahora que todo el equipo puede estar junto es tiempo de empezar su entrenamiento. Como ya te habrás dado cuenta, algunos de ellos se hospedarán en tu casa."

Cuando el día de la liberación llegó, Daniel Samuels esperó a Josh y Big Jax en la puerta. "Ustedes dos vienen a casa conmigo."

"No hay otro lugar en el que preferiríamos estar en este momento," dijo Big Jax con una gran sonrisa.

Los dos ex presidiarios siguieron al Emisario y se dirigieron a su casa.

~*~

Por supuesto que las fuerzas malignas no estaban de vacaciones, sino que estaban ocupadas preparándose para establecer su dominio sobre las ciudades que Apolión les había asignado.

Después de que el médico brujo curó la vista de Viper Chambers, la serpiente se hizo cargo de la posición número uno, para el descontento de ambos, Koroshiya San y Pat Williams. No que le dejaran saber a Viper sus verdaderos sentimientos.

Koroshiya San fingía estar complacido de ser el segundo al mando. Pat Williams continuaba una posición por debajo de él, seguida por Kimura Ichi y Samuel Strong, mejor conocido como Sammie.

Aunque Viper Chambers era llamado Jefe, había uno con una posición más alta. El Jefe de los jefes. Nadie había visto su rostro. Tampoco nadie conoce su verdadero nombre. Por lo tanto, la posición de Jefe de los jefes era considerada un mito por muchos.

Pero Viper Chambers había escuchado su voz una vez cuando hablaba con Big Jax.

Cuando Viper le preguntó a Big Jax por él, había declarado que solo lo conocía por el título de *El Señor de la Noche.*

~*~

El domingo por la tarde, Sandra llamó a Chris. "¿Podemos vernos en New Hope Trinity Church en veinte minutos?"

"Seguro," accedió Chris. "Voy de camino."

"He recibido instrucciones del Señor para prepararme para una batalla esta noche y tú debes acompañarme."

"Está bien. ¿Adónde vamos?"

"Debemos ir al Boulevard Summerset y esperar afuera."

"¿Qué estamos buscando?" Chris preguntó. "¿Qué podemos esperar encontrar allí?"

"No tengo idea, pero lo que sea que encontremos, tenemos que prepararnos para la batalla."

¿Batalla? "Señor, soy el único que queda sin mi nombre," oró Chris," pero estoy dispuesto a pelear. Hágase Tu voluntad."

~*~

Beth Cooper y el Reverendo Milton descansaban en una lujosa habitación en el gran hotel en el Boulevard Summerset.

El Reverendo Milton extendió el brazo en las sábanas de satén y tocó el hombro de Beth. "Esta debe ser una gran noche."

"Sería mejor si pudiera dejarle saber a todo el mundo que me perteneces," dijo Beth mientras se volteaba y se acurrucaba con él.

Él pasó su dedo por su mejilla. "Realmente me complaciste esta tarde, cariño. Pronto tendremos una relación formal, pero todavía tendremos que esperar un poco más."

"Ok, amor" suspiró Beth. " Sabes que te amo."

Alguien tocó a la puerta.

"Ese debe ser el servicio de habitación," dijo Beth. "Yo me encargo. Ve a la ducha, ya estaré allí contigo."

"Ok, bebé."

El botones entregó champaña en un cubo con hielo, junto con sus chocolates favoritos y un hermoso arreglo de flores. Ella sonrió. Robert debía amarme después de todo.

"Gracias," dijo ella, mientras le daba al botones una generosa propina.

Beth arregló los regalos encima del tocador y los admiró por unos momentos, antes de desvestirse. Iba a sorprender a Robert con un masaje en la ducha como nunca antes lo hubiese recibido.

El tiempo pasó rápido y pronto fue hora de

que la pareja se fuera a la iglesia.

"No quiero estar sin ti ni siquiera un segundo," dijo Beth. "No quiero tener que conducir sola a la iglesia."

"Pero cariño, tú tienes tu propio carro."

"Lo sé. Ni siquiera te has ido y ya te extraño."

Se vistieron y Robert acompañó a Beth a su carro. Puso sus brazos alrededor de ella y le dio el mejor beso que le hubiese dado jamás. Seguramente estaba diciéndole la verdad acerca de su amor.

~*~

Sandra y Chris vieron al Reverendo Milton acompañar a Beth fuera del hotel.

Chris se puso tenso. "¿Qué está tramando?"

"Me sorprende verlo aquí," dijo Sandra. "Esperaba verlo en la iglesia esta noche."

"Todavía hay tiempo, quizás esté en camino ahora," dijo Chris.

El Reverendo Milton abrió la puerta del carro de Beth y con ternura la ayudó a entrar, luego caminó dos lugares y se subió al suyo.

Chris encendió su motor, Sandra y él siguieron a los dos carros hacia la iglesia.

Cuando se estacionaron en la iglesia, Chris notó que el carro del Reverendo Milton estaba vacío. Una nube oscura se cernía sobre el carro de Beth y ella estaba todavía dentro.

Chris salió y se acercó a ella. "Hola Beth, has

estado ocupada hoy, ¿no es así?"

Sus ojos se agrandaron. "No entiendo a lo que te refieres."

"¿Cuánto tiempo has estado saliendo con el Reverendo Milton?"

Al escuchar la pregunta, Beth abofeteó a Chris, dejándole una marca roja en su cara.

Sandra corrió a su lado.

"Prepárate para la batalla," dijo el Comandante Élite.

Chris vio que Clarividente estaba lista para la batalla y sintió que su propia armadura descendía sobre él. Su nuevo nombre, *Maravilla,* estaba escrito en su hombro derecho.

Succumbus salió de la nube que se cernía sobre el coche de Beth y se transformó en un gran tornado.

El tornado se dirigió a *Maravilla* y *a Clarividente.*

Nadie estaba en el estacionamiento excepto tres individuos. Todos los demás carros estaban vacíos.

De repente, el gran tornado descendió y levantó a Maravilla en el aire, arrojándolo al extremo más alejado del lote.

Clarividente logró blandir su arma, un sable corto, ligeramente curvado con un protector en forma de cesta. Cortó el tornado.

El tornado se transformó en un gran lobo de

cuatro cabezas. El lobo ladró y mostró sus dientes para morder a Clarividente.

Maravilla corrió desde el extremo del lote a donde Succumbus lo había arrojado, y vino en ayuda de Clarividente.

Un swing del sable suizo curvo de un metro de largo de Maravilla cortó una de las cabezas del lobo.

Con otro swing, Clarividente cortó la segunda cabeza. Las dos cabezas restantes trataban de hincar sus afilados dientes blancos en ellos.

Succumbus se las arregló para derribar a Clarividente y a Maravilla al suelo y se preparó para atacar sus cabezas.

El sable corto y curvo de Clarividente se fusionó con el sable suizo de Maravilla, creando una larga y amplia hacha con dos bordes afilados sujetados a un largo poste con una cadena de plata unida. Con las instrucciones del Comandante Élite, el equipo de dos hombres fue capaz de blandir esta nueva arma combinada desde una distancia estratégica para que pudieran atacar con su arma de corto alcance al enemigo.

"Tiren y halen," dijo el Comandante Élite.

Juntos lanzaron al aire el hacha voladora, larga y ancha.

La nueva arma parecía como una gran constelación en un movimiento giratorio y a distintas alturas, que venía hacia el oponente.

"Fallaron," dijo Succumbus cuando el hacha pasó volando. "Es mi turno ahora."

El equipo de dos hombres tiró de la cadena y el hacha voladora regresó con un tremendo poder, cortando las dos cabezas restantes de Succumbus, que rodaron por el estacionamiento.

Maravilla y Clarividente no estaban gravemente heridos, pero la victoria valió la pena.

Sin embargo, Beth Cooper yacía inconsciente en el suelo.

Algunos de los carros tenían los vidrios rotos y el costo de los daños todavía estaba por verse.

Cuando su armadura desapareció, los guerreros llevaron a Beth a la iglesia y la dejaron en un banco acolchado del vestíbulo.

"¿Deberíamos confrontar al Reverendo Milton ahora o esperar a que termine el servicio?" Chris preguntó.

"No se confronten, no se involucren. Todavía no están listos para esta batalla," dijo el Comandante Élite. "Esperen su entrenamiento."

Capítulo 18

El jueves por la mañana, los miembros del equipo se reunieron en la casa de Michael.

Anthony una vez más se hizo cargo como el líder. "Es momento de pasar lista. Diré sus nombres *y si no están aquí*, por favor levanten las manos." Sonrió mientras mencionaba sus nombres.

Cada uno trató de superar a los demás con una respuesta inteligente.

"Ok, eso es todo," continuó Anthony mientras chequeaba el último nombre. "Big Jax, Josh y Daniels Samuels nos están esperando en Slattersville. Oremos por guía y protección antes de partir."

Inclinó su cabeza. "Abba Padre. Santo. Venimos humildemente ante ti, el único Dios verdadero. Admitimos que somos débiles y que no podemos hacer nada sin ti. Perdona nuestra arrogancia pasada en adelantarnos a tus planes para nosotros. Prepáranos para esta batalla que es tuya. Amén."

"No teman, porque estoy con ustedes," dijo el Comandante Élite.

"Partamos," dijo Anthony. "Daniel se encontrará con nosotros en la entrada de la ciudad. Dijo que es muy peligroso que entremos en la ciudad por nuestra cuenta después de la advertencia de Koroshiya San.

Cuarenta y cinco minutos después el equipo llegó a la entrada donde vieron al viejo guerrero agitando su mano dándoles la bienvenida.

Michael abrió la puerta de atrás y se dejó deslizar en el asiento. "Entra."

El Emisario sonrió. "No les importa si lo hago."

Fiel a Su palabra, en ese momento el Comandante Élite colocó un escudo protector sobre el equipo, y fueron invisibles tanto para los ojos humanos como para los ojos de los demonios.

Mientras conducían por la ciudad y hacia el camino de atrás, el Emisario los guió hacia la mansión en donde Big Jax y Josh esperaban.

Cuando entraron en la propiedad, el escudo protector se expandió como una cubierta de nube para envolver la mansión y los terrenos por completo.

Anthony asintió con satisfacción. Nadie vería lo que estaba sucediendo adentro.

~*~

"Mi Príncipe, detecté una presencia y un poder extraño por la casa del Emisario," reportó Botis.

Apolión hinchó el pecho. "Ve, chécalo. Hazme saber lo que descubras."

"Absolutamente," dijo Botis. "Algo está pasando con ese viejo haragán."

"Debería haberse quedado inactivo. No podemos dejar que nada perturbe nuestros planes para esta ciudad." Apolión frunció el ceño. "Asegúrate de mantenerme informado."

"Sí, mi Príncipe." Botis se inclinó y retrocedió.

~*~

Beth todavía no estaba segura de lo que había pasado la noche anterior. ¿Fue solo un sueño como dijo Robert? Para ella fue una pesadilla.

Pero si no fue un sueño, ¿qué entonces? ¿Realmente vi a Chris y a Sandra? ¿Descubrieron mi pecado? ¿Por qué no puedo recordar todo?

No pudo soportarlo un momento más y llamó a Robert.

"Debes dejar de llamarme todos los días, Beth. Sabes que debemos pasar desapercibidos."

"¿Que está mal, Robert? ¿Por qué estás tan distante?" Beth estalló en lágrimas.

"¿Qué es esto? ¿Estás bien bebé?"

"Traté de decírtelo anoche. En realidad necesito hablar contigo."

"Ok, dame un momento."

Beth escuchó a Robert balbucearle a alguien que tenía que atender esta llamada.

"Debería tener unos minutos ahora."

"Estoy asustada Robert. No puedo sacarme nada de eso de mi cabeza. Estoy asustada y temblando hasta la muerte."

"Espera un momento, voy a un lugar más privado."

Cuando le dio el visto bueno, Beth recontó todo lo que podía recordar acerca de su experiencia en el estacionamiento, pero cuando mencionó las espadas y los guerreros, Robert la interrumpió.

"¿Cuánta champaña bebiste, bebé? Suena como una alucinación pero no te preocupes, por lo menos, todo fue un mal sueño. Simplemente te quedaste dormida en la iglesia, nada de qué preocuparse, querida."

Incluso con el consuelo de Robert, Beth no se sintió tranquila. ¿Debería haberle mencionado que había hablado con Chris? ¿Debería advertirle que Chris y Sandra tal vez sabían de su amorío?

~*~

Anthony siguió a Daniel a la entrada principal de su casa grande y hermosa.

Daniel se volvió y levantó sus manos como en una bendición. "Bienvenidos, mis amigos. Pasaremos mucho tiempo aquí en mi humilde morada, ya que este va a ser nuestro centro de entrenamiento."

"¿Cómo va a funcionar esto?" preguntó Anthony. "¿Cuál es el plan?"

"Vengan y pónganse cómodos." Daniel abrió la puerta y condujo al equipo adentro.

"Hola, chicos," dijo Josh mientras se levantaba del sofá.

Michael se dirigió hacia él con los brazos extendidos. "Qué bueno verte fuera y no rodeado por los barrotes de la prisión."

Anthony esperó hasta que los otros se instalaran y luego encontró un lugar para sentarse al lado de su hermana.

"Como ya saben," dijo Daniel. "Aquí tengo varias habitaciones. Big Jax y Josh ya se están quedando conmigo. Tadd está trabajando cerca, así que, me gustaría extenderle la invitación para que él y Chris también se muden aquí durante nuestro entrenamiento."

Chris sonrió y asintió con la cabeza. "Está bien por mí."

"Gracias," dijo Tadd con una mirada a Abby.

Anthony no había pasado desapercibida la forma en la que Tadd se había asegurado de sentarse cerca de Abby. *Le hará bien no verla tan a menudo.* No es que Anthony no aprobara el creciente romance entre ellos. Pero tampoco quería que se distrajeran en la batalla.

"Entiendo que algunos de ustedes no se puedan mudar aquí debido a sus responsabilidades en Clanston," continuó el Emisario. "Pero aun así tendrán que venir aquí para el entrenamiento."

"De acuerdo," dijo Anthony. "Aunque pensé en algo. Con su permiso, antes de comenzar el orden del día, tal vez deberíamos de informar a los miembros del equipo de Slattersville sobre lo que pasó en Clanston anoche."

"Por supuesto," dijo Daniel. "Danos un informe."

Sandra comenzó diciéndoles acerca de sus instrucciones para ir al Boulevard Summerset.

Luego, Chris explicó el encuentro entre Robert Milton y Beth, que habían presenciado en el estacionamiento del hotel la noche anterior.

La tez de Janet palideció. "¿Está viendo a Beth? Para nada me había dado cuenta de eso."

Chris pareció evitar mirar hacia su lado. "Enfrenté a Beth antes del servicio por la noche en New Hope Trinity Church," dijo. "Al principio ella negó todo y después cuando le dije lo que habíamos visto, me abofeteó."

"Esa noche los espíritus malignos avanzaron rápidamente en el estacionamiento de la iglesia y rompieron muchas de las ventanas de los coches," dijo Sandra.

"Vimos las formas de la oscuridad dentro de Trinity Church y esperábamos vestirnos para la batalla."

"Pero el Comandante Élite nos dijo que esperáramos, que no estábamos listos para esta pelea."

"Y aquí estamos, ansiosos para entrenar," terminó Chris.

Capítulo 19

Anthony esperó hasta que el resto del equipo se hubiese acomodado y luego encontró un asiento en la inmensa sala de Daniel.

"Bienvenidos a su primer entrenamiento." Daniel miró alrededor de la habitación, incluyéndolos a todos ellos en su vistazo. "He estado orando y esperando cumplir las tareas que nuestro Señor me ha confiado."

Daniel asintió a Anthony. "También, a todos se les llamará por sus nuevos nombres durante el entrenamiento. Por lo tanto, necesitaré que cada uno de ustedes me diga su nombre de guerrero, empezando por el líder."

"Mi nombre es *Guerrero*," dijo Anthony.

"Y yo soy *Mujer de Fe*," dijo Janet.

Michael asintió, "*Astuto.*"

"Yo me llamo *Políglota,* "dijo Josh.

"*Descodificador.*" La voz profunda de Big Jax atravesó la habitación.

"*Clarividente*," dijo Sandra con un guiño.

Erin se señaló. "Yo soy *Restauradora.*"

"*Maravilla.*" Chris inclinó su cabeza.

"Yo soy *Oráculo*," dijo Abby.

Y yo soy *Juez,* "dijo Tadd con una sonrisa.

"Muchas gracias. Ahondaremos en el significado de sus nombres un poco más adelante. Como todos saben, mi nombre es *Emisario* y como una introducción les contaré mi historia."

Anthony se relajó en su asiento, esperando escuchar cómo Dios había entrenado a Daniel, o como lo debían llamar, el Emisario."

"Hace muchos años el Señor puso a un hombre muy sabio en mi camino. Un anciano muy querido y amado llamado Watsuki Gensai. Como su nombre lo indica, él era japonés. El hombre era alto y muy fuerte, pero con el corazón de un niño. Y gracias a su formación y enseñanza, hoy me encuentro ante ustedes para compartir instrucciones específicas y experiencia." Miró a cada uno de ellos y no movió sus ojos a la siguiente persona hasta que recibió un guiño de reconocimiento.

"Hoy tendremos una introducción general a lo que estaremos aprendiendo. Para quienes no se alojan aquí, me gustaría que se comprometieran a un día completo Aquí cada tercer domingo. Y tal vez otro día o dos a la semana. ¿Pueden hacer eso?"

Anthony miró a los otros de Clanston. Ellos asintieron. "Sí, podemos," dijo. "¿Cuántas semanas crees que tome nuestro entrenamiento?"

145

"Dependerá de su entendimiento, habilidades y dones obtenidos, así como los objetivos que el Señor quiera para cada uno de ustedes."

"Sí, pero ¿puedes darnos una fecha aproximada?"

"Mi entrenamiento me llevó seis meses. Ya que aquellos que progresen más rápido ayudarán a los otros, con la voluntad de Dios, espero completar el suyo en la mitad de ese tiempo."

El Emisario asintió hacia Big Jax. "Y por supuesto, aquellos que se queden en mi casa entrenarán a diario."

"Trataremos de satisfacer tus expectativas," dijo Big Jax.

"Aquí está su primera regla. No se involucren en ninguna batalla con el enemigo durante su entrenamiento." De nuevo, el Emisario miró a cada uno de ellos. "No puedo enfatizarles lo importante que es esto. No se les permite involucrarse en absolutamente ninguna batalla."

"Pero, ¿qué tal si enfrentamos una situación en donde no tengamos alternativa?" preguntó Michael. "¿Qué pasa con esos momentos en los que *tenemos* que pelear?"

"Van a tener que evitar ese tipo de situaciones. Además, el Comandante Élite ha provisto un escudo protector para cada uno de ustedes. Serán invisibles a los ojos del enemigo durante su entrenamiento."

"Profundo," dijo Michael.

"Empezaremos formando equipos en cinco parejas."

"¿Puedo escoger a mi compañero?" preguntó Josh mientras miraba a los otros.

"Desafortunadamente no. El Comandante Élite me ha dado instrucciones específicas para hacer las parejas. El equipo uno consistirá de *Guerrero y Restauradora*."

Erin se acercó a Anthony.

"El equipo dos serán *Astuto y Mujer de Fe*."

Con un guiño, Janet caminó hacia Michael.

"El equipo tres es *Descodificador y Políglota*."

Big Jax y Josh ya estaban sentados cerca, y Big Jax le dio un puñetazo o más bien golpeó el hombro de Josh.

"El equipo cuatro es *Clarividente y Maravilla.*"

"Grandioso. Ya hemos estado trabajando juntos," dijo Sandra mientras veía a Chris.

"Y el equipo cinco es *Juez y Oráculo.*"

Tadd sonrió.

"Cada uno ha recibido dones específicos del Espíritu Santo. Algunos han recibido más. Pero cada uno de ustedes se destaca en al menos un don muy específico, el cual aprenderán a usar poderosamente durante este entrenamiento."

"Gracias por eso," dijo Anthony. No quisiera llevar este equipo a una trampa nunca más.

"Necesito que todos se coloquen en posición de batalla con la transformación de su héroe."

"No podemos transformarnos nosotros mismos," protestó Anthony. "Siempre que hay una batalla que pelear, nuestra transformación de héroe ocurre automáticamente."

"Eso está a punto de cambiar. Necesitan aprender cómo controlar la transformación. Esta va a ser nuestra primera tarea."

"¿Pero cómo?"

"Cuando me vieron por primera vez, llevaba puesta mi transformación de guerrero y cuando me recogieron hoy, llevaba puesta también mi transformación de guerrero, ¿no es así?" Justo en ese momento, el *Emisario* se transformó delante de sus ojos. "Como pueden ver, no hay ninguna batalla que pelear."

"¿Cómo hiciste eso?" Chris preguntó.

"La clave para controlar su transformación es muy simple, pero al mismo tiempo, muy poderosa. Deben creer en el don de la transformación con toda su mente, cuerpo, alma y espíritu para poder controlarla."

"Profundo," dijo Michael.

"Presten mucha atención. La oración es la clave. Es un recordatorio constante de quién está transformándolos. "En el nombre del Padre, del Hijo y del Espíritu Santo, transformación."

Daniel Samuels se paró frente a ellos en

armadura completa, legada con el nombre EMISARIO, grabado en su hombro derecho.

"¿De dónde salieron las piedras preciosas?" Preguntó Janet. "No las vi antes."

La armadura de bronce del Emisario brillaba en lavanda desde el casco, coraza y cinturón hasta su escudo. Las piedras preciosas de poudretteite llenaban su armadura y mientras se movía, toda su imagen brillaba como un arcoíris multicolor. Sus sandalias espartanas lavanda flameaban mientras avanzaba ante ellos.

"Cada uno de ustedes tendrá nueva armadura," dijo el Emisario. "Sus armas serán únicas para ustedes y serán usadas para un propósito específico." Levantó la espada en frente de su pecho y apoyó la hoja sobre la palma de su acorazada mano izquierda. "La mía es un Espada de los Caballeros Plateados del Cielo llamada 'Lluvia Celestial'."

"Ahora vean si pueden transformarse."

"En el nombre del Padre, del Hijo, y del Espíritu Santo, transformación," dijo el equipo al unísono.

"Muy bien. Ahora, cuando quieran o necesiten regresar a su forma normal, solamente digan su nombre '*Emisario fuera*.'"

El equipo salió de su transformación y esperó la siguiente orden del Emisario.

"Pueden sentarse." El emisario esperó hasta

que todos estuvieran acomodados.

Sonrió con aprobación. "Cada uno de ustedes pasará aquí de uno en uno empezando por Guerrero y observaremos la transformación."

Daniel retrocedió con los otros y Anthony tomó su lugar.

"En el nombre del Padre, del Hijo y del Espíritu Santo, transformación."

La nueva armadura de Anthony, con la palabra GUERRERO grabada sobre su hombro derecho, brilló como oro negro y estaba llena con gemas preciosas de granate que brillaban en rojo y luego en azul como un billón de estrellas. Y sus sandalias negras espartanas también flameaban mientras amblaba un poco.

"Camina como un guerrero y levanta tu espada," dijo el Emisario.

Anthony sonrió y se pavoneaba delante de ellos levantando su nueva espada con hoja de acero ancha y curva.

"El Guerrero lleva una espada Mameluke con empuñadura cruzada," dijo el Emisario.

"Esto es tan increíble," dijo Janet. "Guerrero realmente se ve como un guerrero, ¿no es verdad?"

"Correcto, Restauradora," dijo el Emisario.

Anthony y Erin cambiaron de lugar.

"En el nombre del Padre, del Hijo y del Espíritu Santo, transformación."

Erin se levantó orgullosa con su nueva armadura tachonada en joyas con el nombre de RESTAURADORA grabado sobre su hombro derecho. Levantó su arma y se pavoneó permitiendo que los otros vieran sus sandalias espartanas flameando justo como lo había hecho Anthony.

"La Espada Ropera de Restauradora es de origen español. Es ligera como una espada delgada. Como pueden ver, es una espada inusual de vestido ornamentado," dijo el Emisario.

Anthony se encogió de hombros. "Supongo que puedo cubrirte."

"No se dejen engañar por la dulce apariencia de esta arma," dijo el Emisario. " Hora de que Astuto muestre sus cosas."

Erin y Michael cambiaron de lugar.

"En el nombre del Padre, del Hijo y del Espíritu Santo, transformación."

Con ASTUTO grabado en su hombro derecho, la nueva armadura de Michael brillaba en color rojo dorado de muchas piedras preciosas de Painitas, semejante a la flama de mil fuegos. El resplandor ocultaba su espada. Marchó un poco como lo hicieron los otros mientras sus sandalias rojas espartanas flameaban.

"Como pueden ver, aunque las armaduras enjoyadas de Anthony y Erin coinciden, la de

Astuto es diferente. De hecho, cada equipo tendrá armaduras que hacen juego, pero cada guerrero tendrá diferentes armas. Levanta tu espada," ordenó el Emisario.

Michael se pavoneó de arriba abajo delante de ellos sosteniendo su espada.

"El Astuto lleva una Aikuchi Katana. Esta arma tiene una hoja forjada a mano. Cuando empecemos la pelea verán lo que su arma puede hacer."

El Emisario sonrió a Janet. "Mujer de Fe."

Janet tomó el lugar de Michael en el centro de atención.

"En el nombre del Padre, del Hijo y del Espíritu Santo, transformación."

Con MUJER DE FÉ en su hombro derecho. Y con el suplemento de una capa roja, Janet se pavoneó. Su capa se arremolinaba y sus sandalias espartanas flameaban mientras andaba majestuosamente por el piso, sosteniendo su espada recta de un solo filo. Miró de izquierda a derecha y como si estuviera preparada para la batalla.

"Mujer de Fe lleva una Espada Chokuto Japonesa. Está hecha para cortar y dar estocadas," hizo saber Emisario.

"Auch," dijo Big Jax. "Eso trae recuerdos. Estoy feliz de estar de tu lado ahora."

"Descodificador, eres el siguiente."

Big Jax era un hombre grande. Pero un hombre humilde. Su cuerpo se ocultaba del centro de atención incluso mientras avanzaba.

"Sé fuerte y valiente. El Señor está contigo," dijo el Descodificador. "En el nombre del Padre, del Hijo y del Espíritu Santo, transformación."

Llevando el nombre de DESCODIFICADOR en su hombro derecho, la nueva armadura de Big Jax radiaba azul. Su casco azul dorado, escudo de diamante azul, coraza de bronce azul y su cinturón plata azul estaban llenos de piedras preciosas de musgravitas, brillando con una luz violeta oscura y grisácea. Sus sandalias espartanas azules flameaban mientras caminada ante el resto del equipo.

"Como pueden ver, las piedras preciosas brillan por la armadura del Descodificador como un billón de estrellas individuales. Esto es una ventaja que le hace invisible en las sombras hasta que su adversario esté a su alcance."

Big Jax se quedó erguido mientras el Emisario hablaba. Parecía audaz y capaz de ser brutal en un abrir y cerrar de ojos.

"Nuestro Descodificador necesita armas que combinen con su tamaño y carácter. Lleva una espada Kodachi, una combinación de espadas ninja y samurái y una espada compañera de tamaño normal. La segunda espada tiene un mango oculto," dijo el Emisario.

Anthony se movió en su asiento. *Odiaría encontrarme con él en un callejón oscuro a medianoche.*

"Políglota," dijo el Emisario.

Josh pasó al frente. "Estoy feliz de que Descodificador esté en mi equipo," dijo. "En el nombre del Padre, del Hijo y del Espíritu Santo, transformación."

En un abrir y cerrar de ojos Josh estaba completamente armado, con el POLÍGLOTA grabado en su hombro derecho.

Sus piernas visibles temblaron y fuego se disparó de sus sandalias espartanas. "Es casi como si la armadura me controlara."

"Está bien. Tenemos que presumir un poco hoy. Aprenderán el control con el entrenamiento," explicó el Emisario. "El arma del Políglota es una espada Messer con una espada de 60 centímetros o 'gran cuchillo'. La espada es de un solo filo, con una protuberancia de protección cruzada en el costado que protege sus manos."

"¿El Señor escoge qué armas usaremos?" preguntó Sandra.

"Eso es correcto Clarividente y es tu turno." El Emisario le sonrió.

"En el nombre del Padre, del Hijo y del Espíritu Santo, transformación."

Su nueva armadura resplandeció como el sol

de mediodía. Su nombre, CLARIVIDENTE, en su hombro derecho, parecía latir. Sandra fue envuelta en un casco de rosa dorado y un escudo de diamante rosa. Incluso su coraza de bronce tenía un tinte rosado. Piedras preciosas de jeremejevitas de azules profundo y amarillo decoraban su armadura. Sus sandalias espartanas rosa se veían delicadas y femeninas pero incluso flameaban cuando pateaba sus talones y sostenía en alto su arma.

"Como pueden ver, Clarividente lleva un sable Cutlass corto y ancho que está ligeramente curvo con una protección en forma de cesta," dijo Descodificador." "No se dejen engañar por su aspecto delicado. Es en atención al enemigo."

"Me preguntaba qué estaba pensando el Señor," dijo Chris. "Voy a necesitar el respaldo de ella."

"Y lo tendrás." El Emisario le asintió con la cabeza a Chris.

"En el nombre del Padre, del Hijo y del Espíritu Santo, ¿transformación?"

"Una vez más, hijo. Esta vez con confianza."

Chris llenó sus pulmones y su pecho se infló. "En el nombre del Padre, del Hijo y del Espíritu Santo, transformación."

Inmediatamente Chris fue bañado en una bruma brillante. MARAVILLA estaba grabado en su hombro derecho.

"Maravilla maneja una espada de sable suizo con una hoja de un metro. Como pueden ver es ligeramente curva parecida al pico de un pájaro."

"Caramba. Lo hace," dijo Janet.

"La empuñadura de su espada está exquisitamente formado con un pomo con forma de trifolio, como un trébol estilizado en el que un sola barra en bucle forma la protección trasera," continuó el Emisario como si no hubiera sido interrumpido por la euforia de Janet.

"Las diferentes armas que el Señor nos ha proporcionado a cada uno de nosotros son increíbles," dijo Chris. " Solo espero que pueda aprender a usar esto."

"El Espíritu no ha cometido errores en las armas que Él escogió. Ya lo verán cuando comencemos el entrenamiento de las armas. Tadd, eres el siguiente."

"En el nombre del Padre, del Hijo y del Espíritu Santo, transformación."

El Tadd transformado radiaba púrpura dorado. Y como era de esperarse, JUEZ estaba grabado en su hombro derecho. Su casco dorado tenía un aura púrpura, su escudo un diamante púrpura brillante y toda su armadura estaba decorada con piedras preciosas de berilo rojo, rodeadas de arroyos de bandas de oro, reflejando los colores brillantes de aguamarina profunda y esmeralda. Sus sandalias espartanas púrpuras flameaban mientras sostenía en alto su arma y se pavoneaba frente a los demás.

"El Juez lleva una espada Dao de acero forjado con una única amplia espada. Como ven, es moderadamente curva y cuenta con una empuñadura con una copa en forma de disco." El Emisario asintió hacia Abby. "Última pero no menos importante."

"En el nombre del Padre, del Hijo y del Espíritu Santo, transformación."

EL ORACULO se paró gloriosa delante de ellos.

"Nuestro ORACULO carga una espada suiza de brazo lateral Katzbalger," dijo el Emisario. "Su última lección de hoy es muy importante. En una batalla de equipo, su pareja son sus ojos traseros y su escudo. La formación de batalla es espalda con espalda."

Las parejas se encontraron y se colocaron espalda con espalda, mirando a su instructor para su aprobación.

"Recuerden, ustedes y su pareja son uno en una batalla. Si se las arreglan para luchar como uno, saldrán victoriosos."

El entrenamiento continuó durante el día, practicando la transformación y la formación de batalla para cada equipo. Le tomó algo de tiempo al equipo lograr la transformación perfecta cada vez porque necesitaban creer la palabra clave para la transformación, así como decirla. Al final del día cada uno había dominado su primera sesión de entrenamiento.

"Han hecho un gran trabajo hoy, estoy impresionado." El Emisario sonrió con alegría al grupo. "Si seguimos así, podríamos terminar más rápido de lo que planeé."

Capítulo 20

La luz del sol entraba por los vitrales llenando de luz el Santuario de New Hope Trinity Church. No había sombras ni nubes en ninguna parte en la amplia habitación.

Con una cadencia en su paso Janet dejó a los otros miembros del equipo en la banca y caminó hacia el órgano.

Al pasar junto a Beth Cooper y Nina Patel éstas sonrieron y se susurraron entre ellas en una escena pacífica. Janet continuó más allá de la banca donde el Reverendo Robert se sentó junto a Rick Watson y ocupó su lugar en el órgano.

El Reverendo Robert le sonrió. ¿Era eso un toque de nostalgia en sus ojos? ¿Así que estaba todavía disponible? ¿Había sido todo una ilusión que estuviera viendo a Beth?

Janet levantó las manos y las hundió sobre las teclas del órgano cuando comenzó un himno resonante por Isaac Watts.

~*~

Llegó la noticia desde la prisión que Big Jax el dragón había sido puesto en libertad.

"¿Qué?" Sammie preguntó "¿Cómo es eso

posible? ¿Dónde está?"

"Quiero que todos inicien la búsqueda y busquen a ese traidor," dijo Viper. "Él y su supuesto compañero pagarán por lo que han hecho."

"No hay ningún rastro de él," dijo Williams. "He estado intentando localizar el Jefe, pero—"

"él ya no es ningún jefe," interrumpió Viper en un arranque de ira. "¡Cuida tu lengua!"

"Voy a utilizar toda mi influencia para seguirle la pista," dijo Koroshiya San. "Y cuando lo encuentre, seguramente vamos a obtener las respuestas."

"Querrá decir, sacarlo de su miseria," dijo Viper.

"El negocio está mejor que nunca y tenemos el control total de Slattersville," dijo Koroshiya San. "Pronto podríamos tener que pensar en ubicar otra ciudad fantasma."

Viper golpeó a Koroshiya San en la espalda. "Suena como una gran idea, pero tendremos que consultar con "*El Señor de la Noche*".

Los demás temblaron ante la mención de este nombre.

"Debemos continuar nuestras operaciones aquí," dijo Viper. "Estoy seguro que se pondrá en contacto con nosotros poco después de recibir nuestro último informe."

~*~

Botis estaba de pie ante Apolión con la cabeza inclinada. "Mi Príncipe, parece que hay una presencia muy poderosa y una gran concentración de luz procedentes de la casucha del viejo haragán, el llamado *Emisario."*

El príncipe oscuro asintió con la cabeza. "Sí, lo he sentido también, algo está sucediendo allí, pero de alguna manera siempre está nublado y no puedo ver lo que está sucediendo." ¿No te envié para que lo verificaras?"

"Parece ser una espesa nube que cubre, pero cuando volé abajo para penetrarla reboté como si hubiese golpeado un escudo de armadura, mi Príncipe."

"Vamos a reforzar nuestro equipo y a estar preparados para cualquier cosa." Tenemos negocios pendientes con este así llamado equipo. Todavía no conozco a todos los miembros, pero han estado haciendo un gran trabajo."

"Gracias Mi Príncipe," dijo Botis con una reverencia.

"Es hora de que a mis comandantes generales se les den tareas específicas y refuercen nuestras creaciones humanas."

"Sí, Mi Príncipe, a tu servicio."

"Mastema quédate con Viper Chambers *"la Serpiente."*

Mastema, hizo con deleite un chasquido con los labios de sus dos cabezas coronadas.

"Malphas," continuó Apolión. "Ve con Koroshiya San *"el Asesino."*

El lobo furtivo, el segundo al mando bajo Satanás, gruñó agradecido.

"Samael quédate con Pat Williams "la Pitón."

Presentándose como una serpiente negra "rey", Samael destelló sus ojos verdes y su larga lengua dividida vibró.

"Botis ve con Sammuel Strong *'Sammie'."*

"Sí, Mi Príncipe."

"Legión quédate con Kimura Ichi *"Espada Maligna*."

Algunas veces llamado Aliento de Satanás, los enormes ojos brillantes de Legión se llenaron de orgullo. Ella giró y su gloriosa corona enmarcada por un tocado de plumas y mechones de pelo se arremolinó con la acción del giro. "Sí, Mi Príncipe," declaró con voz alta.

"Me quedaré con *El Señor de la Noche*, el Jefe de jefes, cuyo nombre todavía está prohibido pronunciar. Recuerden, confundir, engañar, estafar y destruir. Tomen sus escuadrones malignos con todos ustedes."

"Sí, Mi Príncipe." Sí, Mi Príncipe," respondieron los cinco comandantes malignos, mientras salían con miles de esclavos malignos.

~*~

"Becky y yo planeamos esto mientras que el resto de ustedes estaban en Slattersville," le dijo

Deborah al equipo, mientras se presentaban a la gran mesa del comedor."

Becky colocó un plato de comida sobre la mesa. "Tú haces mucho, Deborah. Ya era hora de que contribuyera y ayudara."

"Y qué placer poder compartir con ustedes aquí en la intimidad de nuestra casa," dijo Michael. "Especialmente porque no todos estaremos todos aquí la próxima semana."

Deborah se enderezó y miró a su marido. "¿Qué quieres decir?"

"Daniel quiere que me quede con él durante el entrenamiento," dijo Tadd.

Chris asintió. "Y me pidió que me quedara allí también."

"¿Nos dejarás, Chris?" Deborah preguntó con su cara arrugada.

"Solo por ahora," dijo Chris. "Y volveré al menos cada dos domingos para encargarme del ministerio de los niños."

"¿Cuándo regresará el resto de ustedes?"

"Después de hoy, algunos de nosotros iremos todos los domingos," dijo Anthony. "Y programaremos tiempo para pasar una semana entera tan a menudo como nos sea posible. Mientras tanto practicaremos aquí en la casa."

"¿Nos mostraran lo que han aprendido?" Preguntó Ben. "¿Por favor? ¿Por favor?"

Anthony alborotó el pelo de Ben. "¿Qué tal si

terminamos nuestra comida?"

Los demás rieron.

"¿Papá, podemos Mamá y yo ir contigo la próxima vez?" preguntó Ben. "Quiero ver tu espada y tu armadura. Por favor, ¿Papá? ¿Por favor?"

"¿Qué opinas, Michael?" Anthony miró hacia su anfitrión. "Todos estamos planeando regresar mañana. ¿Crees que deberíamos llevar a nuestras esposas para que puedan conocer a los otros miembros del equipo?"

"Y, por supuesto, podemos repetir esta espléndida y deliciosa comida." Michael estuvo de acuerdo.

"Seguro," dijo Deborah con un guiño de Becky.

"Estoy contento por que estaré en la mansión durante todo el entrenamiento, al menos en mis horas libres de trabajo," dijo Tadd, mientras extendía y cruzaba sus manos. "Cuando veo a todos los demonios y esclavizadores en la cárcel, estoy ansioso por limpiar ese lugar." Él se paró y se fue a un rincón de la habitación. "En nombre del Padre, del Hijo y del Espíritu Santo, transformación."

"¡Yupi!" Ben gritó. "Veo un Héroe."

"Juez fuera."

El semblante de Ben decayó cuando Tadd reasumió su aspecto normal. "¡Hazlo otra vez!"

Poder

~*~

De vuelta en el nuevo apartamento de Markson, Anthony encontró un lugar privado para practicar. "En nombre del Padre, del Hijo y del Espíritu Santo, transformación."

En una de sus transformaciones, Ben le pilló.

"Guerrero fuera."

"Papá impresionante." Ben saltó de la emoción y aplaudió con sus manos. Miró a su alrededor. "¿Hay un demonio alrededor? ¿Vas a pelear ahora?"

"Eh, Amigo." Solo estoy practicando. Sabes que Papi necesita entrenar."

"Seguro, Papá. ¿Puedo verlo otra vez?"

Y una vez más Anthony se transformó.

"Eso es tan genial, Papá." "Quiero ser un guerrero también."

"Paciencia, Hijo. Cuando sea el momento adecuado, lo serás."

Capítulo 21

Esta vez, el equipo no tuvo que esperar al *Emisario* en la entrada de Slattersville. Por ahora se dieron cuenta que el escudo de invisibilidad los llevaría por la ciudad desapercibidos.

Continuaron su camino y pronto pasaron la puerta de seguridad de la mansión y se dirigieron hacia la residencia.

"Estamos aquí," dijo Anthony mientras se detenía. "¿Todo el mundo listo?"

"Deborah, estoy segura que amarás la cocina," dijo Abby.

Antes de que llegaran a la puerta de la mansión, Daniel entró al porche.

"Bienvenidos," dijo su instructor. "¿Quiénes son estas dos hermosas mujeres?" Se inclinó hasta el nivel de Ben. "¿Y quién es este temible joven guerrero que se ha agregado al equipo?"

Anthony soltó una risita. "Esta es mi esposa, Becky y mi hijo, Ben Markson. Espero que no te importe que ellos vengan conmigo."

"Para nada." Daniel miró a Becky. "Es un placer conocerte."

Ben tiró la parte posterior de la camisa de Anthony. "Eh, Papá. "Él me llamó guerrero."

Anthony sonrió y los otros adultos soltaron una risita. Ben iba a ser un verdadero personaje hoy.

Michael mantuvo su mano en la espalda de Deborah. "Y esta es mi adorable esposa, Deborah. Mientras entrenamos, a estas señoras les gustará prepararnos una deliciosa comida."

"Espero que no te importe si perdemos el tiempo en tu cocina," dijo Deborah.

Daniel sonrió satisfecho. "De ningún modo. Entren. Su incorporación al día será una bendición."

"Síguenos, Ben" dijo Becky. Las señoras tomaron al niño con ellas y entraron en la casa.

El Emisario no se fue del porche, indicando que el equipo debería permanecer fuera para su entrenamiento. "Estoy bastante seguro de que todos ustedes han dominado su transformación. La pregunta para hoy es, "¿cómo descubres la debilidad de tu oponente?"

Mientras su instructor miraba a cada uno, todos dieron una respuesta vaga. Es decir, hasta que llegó al ex-soldado del equipo.

"Analizas los movimientos del enemigo y aprendes a predecirlos," dijo *Astuto.*

"Bien dicho, siendo un experto en el campo de batalla, esperaba tal respuesta de ti."

El Emisario continuó. "No ganas una batalla por el número de golpes, sino por la eficacia de un solo golpe."

"¿Realmente crees que ganaremos una batalla con los demonios de un solo golpe?" Anthony preguntó. "La mayoría de nuestras luchas han sido sin pensar. Y con un oponente con el que nunca nos habíamos enfrentado antes."

"No dije que ibas a ganar con el primer golpe." El Emisario soltó una risita. "Ganas con el último golpe."

El rostro de Anthony se contrajo. No debería ser tan rápido para hablar y sonar como un tonto.

"Algunas veces parecerá como si su adversario no tuviera puntos débiles o ciegos. Pero todos tienen al menos uno. Basta con observar los movimientos de su oponente hasta que finalmente lo vean."

"Entonces, ¿qué es lo que debemos hacer para evitar que nos corten mientras buscamos los puntos débiles?" preguntó Chris.

"De acuerdo, mientras estén buscando un punto débil, no pueden luchar con toda su fuerza," dijo Michael. "Su primer deber será protegerse, evitar los golpes de su oponente, y por supuesto, a veces lanzar un golpe o dos, para mostrarle a su adversario que están decididos."

Daniel asintió. "Cuando descubren el punto débil del enemigo, vayan por él con todas sus fuerzas. No se equivoquen, en las batallas por venir el juego se termina si son superados por su enemigo."

Chris se estremeció.

"Hoy vamos a tener batallas de entrenamiento preliminares para cada pareja," dijo el Emisario. "Hoy, cada uno descubrirá la debilidad de su pareja."

Anthony asintió. Ya era hora.

"Equipo uno, *Guerrero* y *Restauradora,* vístanse para la batalla."

"En nombre del Padre, del Hijo y del Espíritu Santo, transformación."

Dos guerreros totalmente vestidos estaban parados ante el Emisario listos para la batalla.

"Las reglas para la batalla son simples. Descubran la debilidad de su oponente y ataquen."

Anthony asintió.

"No teman, en caso de lesiones graves, la ayuda está aquí." Daniel hizo un gesto hacia *Restauradora.*

"Uf," dijo Erin. "Y yo estoy en la primera lucha. "¿Cómo voy a ponerme las manos encima si él me corta de un solo golpe la cabeza?"

"No espero que traten de matarse unos a otros. Yo estaba hablando de la probabilidad de una cortada o dos. Y, Restauradora, tengo un equipo de primeros auxilios aquí si eso te hace sentir mejor."

Tan pronto como Daniel terminó de hablar, el sonido metálico de las espadas llenó el aire.

"¿Qué pasa, *Restauradora?* ¿Tienes miedo?" *Guerrero* se burló.

"Ni lo sueñes."

"Eres realmente un rival fuerte, *Restauradora*, quien podría haberlo imaginado." *Guerrero* balanceó su espada en lo que esperaba fuera un movimiento sorpresa, tratando de tirar *el* arma de *Restauradora* de su mano.

"No eres malo en absoluto, *Guerrero*. Debo decir, estoy impresionada. Pero es tiempo de terminar este duelo," *Restauradora* dijo mientras se lanzaba hacia adelante.

Guerrero sintió el golpe en su pierna izquierda. "No está mal, pero fallaste tu mejor tiro." La espada de *Guerrero* tocó suavemente el cuello *de Restauradora*. "La batalla ha terminado."

El día continuó con más batallas y un poco de trabajo de sanación menor por parte de la *Restauradora*.

Después del último duelo el *Emisario* habló. "Puedo ver quiénes son nuestros guerreros más fuertes y dónde tengo que trabajar con cada uno de ustedes. Hoy han sido calificados según su nivel de fuerza y se les ha dado un número de rango. Cualquier guerrero con un número de rango superior a diez no está listo para la batalla.

El número diez es muy fuerte. Pero descender, digamos a once, bueno, lo siento pero eso no es suficiente poder para luchar contra el mal al que nos enfrentaremos."

El equipo comenzó a murmurar entre sí. Daniel levantó su mano para hacer que hiciesen silencio.

"Observen el número de rango que se muestra en el lado derecho de su pecho. Les lanzaré un reto. Tal vez podamos verlo fortalecerse durante los combates futuros."

Anthony miró los números que aparecían en la armadura del equipo. *Políglota* diez. *Oráculo* nueve. *Restauradora* ocho. *Mujer de Fe* siete. *Maravilla* seis. *Juez* cinco. *Clarividente* cuatro. *Descodificador tres. Astuto* dos. Parece que todos los demás estaban a la altura de la batalla. Miró su propio pecho con la cara arrugada y luego se relajó cuando vio el número uno. "Oigan, todos los rangos están cubiertos," dijo. "Y todos hemos pasado la prueba de fuerza."

"El guerrero de más alto rango tomará el primer puesto en cada pareja. Eso podría darles a algunos de ustedes un reto para superar a su compañero," continuó el Emisario.

Anthony le guiñó el ojo a Restauradora como para burlarse de ella para probarlo.

"En el campo de batalla, tienen que ser astutos y medir la fuerza de su adversario." Siempre que sea posible, no participen en una batalla con un adversario que sea más fuerte que ustedes," continuó el Emisario.

"Tengan cuidado porque algunos guerreros tienen la habilidad de reprimir su fuerza y mantenerla baja." A veces, no quieren ser considerados los más fuertes, incluso cuando lo son. Puede ser una buena estrategia de guerra."

Michael asintió. "Así es. Si su oponente es demasiado confiado, cometerá errores."

"Con la experiencia y la práctica también aprenderán a controlar su lectura del nivel de poder y cómo ocultarlo de su adversario. Entonces pueden tener la ventaja al ser capaces de decidir cuándo es que desean mostrar su fuerza real o una inferior."

El Emisario miró a cada uno de los miembros del equipo y luego continuó. "Por supuesto no pueden fingir tener un nivel más elevado. Al menos no pueden mostrar un mayor nivel de fuerza del que realmente tienen."

Luego, sonrió. "Está bien, eso es todo. Entremos y veamos qué delicias nos esperan."

El equipo se dirigió a la casa y a la comida preparada por anticipado por Deborah y Becky.

Los olores desde la cocina impregnaron el vestíbulo.

"Delicioso," dijo Big Jax. "Gracias amables damas."

"No me olviden," dijo Ben.

Deborah puso su mano sobre la cabeza de Ben. "Sí. No podríamos haber hecho esto sin la ayuda del gran chef, Ben Markson."

Ben sonrió de oreja a oreja y los adultos rieron.

"Te vi a través de las ventanas. Fue impresionante."

Los ojos de Anthony buscaron los de Becky. No había pensado. "Lo siento."

Ben bailaba de arriba abajo. "Mamá te vio también."

"¿Qué?"

"¿Qué puedo decir? Nos quedamos deslumbrados con las armaduras y las espadas," dijo Becky. "Pero dudo de que disfrutaríamos viendo sus batallas con enemigos reales."

"Después de la comida deben compartir con los demás la debilidad que han descubierto. En los próximos días se enfocarán en fortalecer su propia debilidad y aprenderán cómo cubrir a su compañero."

~*~

Mientras tanto, el equipo del mal también estaba creciendo en poder y dominio. *El Señor de la Noche* tenía una meta clara en su mente. Su corazón debía gobernar sobre Ohio como si fuera su pequeño país.

Había establecido sus principales operaciones

en una ubicación estratégica en el centro mismo del estado, tomando todos los puntos cardinales de la ciudad sin nombre y controlando las únicas salidas posibles. De hecho, formó una circunferencia estratégica, que a la postre no dejaría lugar a salidas o entradas no permitidas en todo el estado.

Era hora de enviarles a sus seguidores un mensaje. Cuando los espíritus le aseguraron que todos estaban reunidos en Slattersville, *El Señor de la Noche* encendió los altavoces.

"Estoy muy satisfecho con su rendimiento," dijo. "Es hora de que mis mejores guerreros conduzcan su propia operación y ciudad."

Hizo una pausa para dar un efecto dramático.

"*Serpiente*, seguirás en Slattersville y te convertirás en el gobernante. Esta ciudad es nuestro punto estratégico del Noroeste. Desde allí vamos a extendernos y rodear el estado con otros sitios de operación."

Viper Chambers, *Serpiente*, un americano larguirucho con suficiente conocimiento de francés para hacer que sus amigos, así como sus enemigos, tengan temor de su afición por las torturas exóticas, tiene un rango de poder de cinco. Había estado con el maligno durante tanto tiempo que se había vuelto más parecido a un reptil que a un hombre real.

El arma de su elección era una Joyeuse. La

empuñadura de la espada con su pomo de oro muy esculpido estaba hecho en dos mitades, con un mango largo de oro.

"Moviéndonos por el estado ubicamos una ciudad en la sección suroeste de Ohio." Felicidades, *Pitón*. Gobernarás *Moonville*."

El *Señor de la Noche* estaba muy satisfecho con esta exquisita belleza con un corazón ennegrecido. La Pitón tenía un rango de poder de cuatro, ganado por las atrocidades de la violencia que había cometido mucho más allá de las que cualquier otro guerrero, hombre o mujer.

El arma de su elección fue una espada Tomoyuki Yamashita, con hoja curva y forjada de origen japonés.

"*Asesino* asumirás el control y gobernarás una nueva ciudad llamada *Knockemstiff*, situada en el punto sur de Ohio."

Koroshiya San, llamado el *Asesino* tiene el rango de poder uno pero *El Señor de la Noche* puede ser el único que lo sepa. El Asesino había intentado siempre ocultar su verdadero rango.

Llevaba un Honjo Masamune, la espada de elección para el legendario sacerdote y herrero de espadas Masamune.

Valoradas como tesoros nacionales japoneses, resultaron ser raras, ya que solo una de estas espadas se encontró alguna vez.

'Luego tenemos a *Sammie*. Gobernarás

Newville, ubicada en el lado este de Ohio."

Fuerza y poder no son exactamente lo mismo, Sammuel Strong, *Sammie* con un rango de poder de tres era considerado tan fuerte como cualquier hombre que jamás haya vivido. Su rostro de ébano estaba enmarcado por las largas rastas que colgaban sobre sus hombros. Llevaba un arma apodada "La Espada de las Siete Ramificaciones" representativa de su liderazgo en su tribu.

Estaba muy orgulloso de la larga espada de hierro con seis protuberancias como ramas a lo largo de la espada central. La inscripción que se encontrada en el arma era: "Esta espada fue hecha de acero cien veces endurecido. El uso de esta espada ha repelido a cien soldados enemigos."

"*Espada Maligna* gobernarás *Blueball,* situada en el noreste de Ohio."

Un estadounidense de origen japonés, Kimura Ichi, Espada Maligna tenía un rango de guerrero de dos.

Lucía una larga barba gris y blanca trenzada y con su pelo largo desordenado recogido en una cola de caballo que le llegaba a la cintura.

Kimura Ichi era un cazador de hombres de la peor manera. Su arma, la espada Kusanagi, no está en exhibición pública y no se había visto excepto por su dueño y espadachín. Cuando no está en uso, siempre se mantiene envuelta en empaques. Todos aquellos que alguna vez habían estado en contacto con esta arma se han encontrado con el desastre y la muerte.

"Revelaré el centro de la operación y mi ubicación cuando ustedes los cinco líderes feroces demuestren que son dignos de gobernar conmigo."

Esperó un momento para dejar que eso penetrara.

"Salen esta noche. Prepárense y prueben que estaba en lo correcto en mi elección. Algunos de ustedes ya tienen su segundo al mando y algunos todavía tienen que elegir uno. Sin embargo, se encontrarán con ustedes en sus respectivas ciudades."

Los altavoces se apagaron.

Era la primera vez que algunos de los líderes oscuros escuchaban la voz real de *"El Señor de la Noche."*

Estaban honrados y temerosos al mismo tiempo.

~*~

Apolión se frotó las manos con una satisfacción maliciosa mientras consideraba las formaciones de batalla y la forma de ampliar su dominio y agrandar su reino.

Cuando *el Señor de la Noche* terminó de alinear a sus subordinados humanos, Apolión se dirigió a los seres espirituales bajo su mando.

"Se han emitido órdenes generales y ustedes gobernarán junto con mis seguidores humanos en cada nueva ciudad. Guíenlos bien y usen su increíble poder para hacer lo mejor que saben."

"Sí, Mi Príncipe." Las fuerzas malignas que habían sido asignadas a estos títeres humanos hacía mucho tiempo, despegaron al canto de "Hacer trampa, engañar, robar y destruir."

~*~

El *Emisario* se sentó en la parte superior del edificio desde donde a menudo había visto la ciudad en tiempos pasados. Vio todos los poderes oscuros irse de Slattersville. Algunos se trasladaron hacia el sur y algunos se trasladaron hacia el este. Una gran oscuridad dominó el camino fuera de la ciudad, pero sombras oscuras todavía rondaban sobre Slattersville.

Algo grande está en marcha. Algo enorme está pasando. "Señor, ayúdanos a alcanzar nuestra meta a tiempo, porque esta oscuridad se está extendiendo demasiado rápido."

El Emisario bajó volando del gran edificio sin que nadie lo notara y se retiró a su residencia.

~*~

"Debo seleccionar mi segundo al mando," dijo Viper la *Serpiente*. "Escuchen chicos. Sammie está encargado de otra ciudad. El puesto de mi segundo al mando está abierto. Los interesados lucharán por él y el ganador demostrará ser digno de ser mi mano derecha."

Tres candidatos se ofrecieron para probar su fuerza. Ross Wright, un hombre blanco muy fuerte de ojos oscuros, también llamado *Sombra*, Payne Lestat, ex infante de marina, con experiencia en batallas y experto en cuchillos, también llamado *Espada* y Synth Shade, un tipo pequeño pero fuerte, negro, también llamado *Músculos*.

"Bien. Sombra y Espada tuvieron la primera ronda."

Con un movimiento suave Espada logró cortar la garganta de la *Sombra* y eso fue el final de la lucha. Espada había ganado fácilmente y sin mucho esfuerzo.

"¿Ya estás preparado para el desafío, Músculos?"

Cuando Músculos caminó sin prisa hacia Cuchilla, Viper esperaba por una feroz batalla.

Pero Espada saltó sobre *Músculos* como una piedra voladora volando y lo cortó en tres lugares tácticos.

Espada se paró en frente de *Músculos* con su mano levantada en señal de victoria.

En un abrir y cerrar de ojos, Espada había golpeado a Músculos en el esternón, en la sien, y justo en medio de sus ojos.

"Impresionante," dijo Viper.

Justo cuando estaba a punto de anunciar el nombre de su mano derecha, una voz desde la multitud rugió. "Un momento."

Un hombre guapo y esbelto se aproximó. Raff Filtiarn, de ascendencia celta y cuyo apellido significa *Señor de los Lobos.*

Viper lo reconoció como el silencioso, siempre observando. Asintió. Nadie se metía con este. Solo la mirada de sus ojos hacía que la gente no quisiera preguntarle nada.

La multitud gritó: "*owooooo, owooooo, owooooo.* ¡Lobo. Lobo. Lobo!"

"¿Quieres morir hoy, Lobo?" preguntó Espada. "Que así sea."

Mientras Lobo se acercaba, *Espada* saltó en el aire.

Con una sola patada, Lobo lo dejó en el suelo.

Espada recuperado, con grandes cuchillos en ambas manos dijo, "Tú tiempo se acabó, *Lobo.*"

En un santiamén, *Lobo* logró desarmar *a Espada.* Segundos más tarde lo mató con su propio cuchillo—el Ulfberht.

El arma de su elección tenía una espada de acero de crisol con un patrón de trenza geométrica, una hoja de doble filo, una maravilla ligeramente curva de 90 centímetros.

Espada cayó sobre sus rodillas y su cabeza golpeó el suelo.

Lobo utilizó su espada de Ulfberht y cortó la

cabeza de su adversario.

"¿Hay alguien más?" gritó *Lobo*. "¿No hay nadie más?"

Y Slattersville tuvo su segundo al mando.

Amaros estaba orgulloso de su chico, había elegido sabiamente a *Lobo*.

El demonio *Amaros, el Ángel Vigilante—el Maldito,* vestido con el equipo de cazador incluyendo una gorra con las aletas abatidas que cubrían los ojos esparcidos por la parte posterior de su cabeza— ojos que miraban a su víctima.

Capítulo 22

Las cosas iban de acuerdo al plan en el mundo de las tinieblas. Los malvados estaban felices extendiendo sus redes y su influencia iba creciendo.

Los cinco comandantes malvados asignaron a un general malvado a su títere humano y segundo al mando.

Mastema había asignado a *Amaros* a quien quiera que se convirtiera en el segundo al mando de Viper, quien ahora gobernaba Slattersville.

Amaros se aseguró de que Raff Filtiarn, el *Lobo,* se convirtiera en el segundo al mando de la *Serpiente.*

~*~

Malphas había asignado a Eligos a Garnet Dukes, quien fue llamado *Daga Envenenada.*

En forma humana, Eligos medía 1.80 metros de altura, con cabello rubio ondulado y ojos azul profundo. Eligos gobernaba sesenta legiones de demonios e informa solo a los más altos funcionarios. Estaba orgulloso de ser asignado a *Daga Envenenada.*

~*~

Poder

En el camino a la ciudad donde Koroshiya San era el nuevo gobernante, su conductor compartió una historia sobre la ciudad fantasma y cómo nació su nombre.

Según la leyenda un predicador se encontró a dos mujeres que peleaban por algún tipo. Después de escuchar su historia les aconsejó a las mujeres que era probable que el hombre no valiera la pena su problema.

"De hecho," dijo el predicador. "Ambas estarían mejor si alguien simplemente lo dejara inconsciente."

"Pero ya no hay iglesia," dijo el conductor, mientras se reía de su propio chiste. "No, señor, ni siquiera queda un himnario en esta ciudad."

Koroshiya San prestó poca atención a la historia. El *Asesino* estaba ansioso por ver su dominio. Este debe ser un lugar muy importante para que *El Señor de la Noche* lo enviara aquí.

Exactamente una hora y cuarenta y cinco minutos más tarde, el conductor dejó al *Asesino* a la entrada de la ciudad, donde Garnet Dukes, más conocido como *Daga Envenenada,* lo esperaba.

El *Asesino* había hecho su investigación. Garnet Dukes, con un rango de poder de siete, era de ascendencia española. Sin embargo, como un plus, se crió en Japón bajo la enseñanza samurái.

Después de que había entrado en los Estados Unidos, Dukes estableció su legado como un individuo despiadado y cruel. El arma de su elección fue llamada 'palo ardiente' o 'antorcha'.

Daga Envenenada utilizaba fuego para marcar a los que poseía para degradarlos y derrotarlos.

"Bienvenido Mi Señor," dijo *Daga Envenenada*. "He escuchado mucho sobre usted. Es un honor servir bajo su mando."

"El conductor me estaba diciendo cómo una pequeña ciudad una vez pacífica y feliz llegó a ser nombrado Knockemstiff," dijo el *Asesino*. "Ahora nos dará un recorrido por la ciudad."

Después de que *Daga Envenenada* se subió en la parte trasera del coche junto al *Asesino*, su chofer continuó por la polvorienta carretera pasando por varios edificios viejos y destartalados, apoyados en sus cimientos.

""Solo hay una tienda local en la calle principal sin pavimentar de esta ciudad," dijo el conductor. "Solían tener una iglesia."

Profirió una carcajada. "Una vez que los fanáticos religiosos se fueron, muy pocas personas decentes viven todavía en esta ciudad. Parece que los fabricantes de licor ilegal son los principales habitantes."

El *Asesino* sonrió. En una ciudad abandonada por Dios como Knockemstiff, no había fronteras para limitar a los demonios para que corrieran salvajemente por el campo gritando por almas que pudieran tropezar en su territorio.

Y con Koroshiya San a cargo, ahora era la segunda ciudad más importante para las malvadas operaciones humanas y espirituales.

Después de que el conductor los dejó en el edificio que sería su cuartel general, el *Asesino* y *Daga Envenenada* continuaron la lluvia de ideas sobre la posible carga de trabajo, el inventario, las especificaciones de la ciudad y las áreas de crecimiento.

~*~

Samael había asignado a *Asmodee* a Jack Mortas, comúnmente llamado *Pantera*.

Asmodee, el demonio más hermoso de todos, típicamente presentado como una graciosa mariposa con cada color del arco iris en sus alas.

Sin embargo, la criatura se había presentado como una mariposa nocturna gigantesca con ojos brillantes y alas morrón opaca que se extendían del techo al piso, la noche en que Abby destruyó su influencia sobre Tadd. Como una polilla Asmodee a menudo envolvía sus alas lujuriosas alrededor de sus víctimas en un intento por asfixiarlas.

Asmodee se revoloteó con orgullo alrededor de su títere, la *Pantera*.

~*~

La *Pantera*, con un rango de poder de nueve,

tenía un índice de inteligencia que deslumbraría a cualquier profesor. Un americano de ascendencia romana, era capaz de pensar en cualquier plan de batalla muy parecido a un maestro de ajedrez.

Y esa noche, mientras esperaba pacientemente a que su jefe, Pat Williams, la *Pitón* llegara a Moonville, Jack Mortas investigó solemne y cuidadosamente la historia de la ciudad.

Con la capacidad de ver los movimientos antes de hacerse, Pantera leía a su oponente como si fueran un libro abierto. Tenía a su total disposición a algunos de los líderes más brillantes del día, todos dispuestos a cumplir con la más mínima orden en el margen de una movida.

En cualquier momento, los ayudantes de Pantera entraban y salían del juego de ajedrez humano con una señal de asentimiento o un guiño de él.

Nada era más importante para la Pantera que la precisión y la simetría. Por esta razón prefería la espada Crocea Mors. Una vez empuñada por Julio César, el nombre del arma era el latín para la "Muerte amarilla."

Según la investigación de la Pantera, los trabajadores del ferrocarril odiaban esta zona porque eran los casi 13 kilómetros más solitarios y aislados que tenían que viajar. Al final, incluso los rieles fueron arrancados.

Alguna vez una ciudad minera muy pequeña, todo lo que quedaba de Moonville era un cementerio, algunos cimientos y un túnel de ferrocarril abandonado.

En un pasado lejano se habían hecho planes para restaurar la ciudad de Moonville. Pero cada vez que se presentaban a un grupo de hombres de negocios para continuar, los planes fallaban por completo.

El viento aullaba su canción solitaria a través de la ciudad abandonada, mientras a menudo se escuchaba la risa demoniaca y ruin, se oía a menudo en las noches oscuras.

Después de caminar por la ciudad, Pantera asintió en agradecimiento. Todo estaría bien. En esta ciudad, el mal tenía amplios espacios para llevar a cabo sus actos más feos.

~*~

Botis había asignado a Abdiel a Nash Sharpe, el *Escorpión Negro*.

Abdiel podía hacer que sus víctimas cayeran en una horrenda pesadilla. Se consideraba polifacético ya que podía transformarse en una mujer, en un hombre o incluso en una serpiente dependiendo de la mejor estrategia para la presa.

Como mujer Abdiel se presentaba como una hermosa pelirroja de pelo largo, encadenada en los lazos de la esclavitud.

Como serpiente Abdiel presentaba dos cabezas en forma de pitón con ojos ardientes.

Como hombre, Abdiel era un ser guapo, musculoso con una hermosa sonrisa y ojos azul profundo.

Este demonio utilizaba cualquier instrumento afilado—cadenas con navajas, hachas, espadas, cable eléctrico, incluso insectos para enfocarse en un nervio en particular que terminara en el cuerpo humano para llevar a cabo la mayor tortura, dolor y finalmente la muerte.

Abdiel esperaba gobernar esta ciudad junto con su marioneta, *Escorpión Negro.*

~*~

Nash Sharpe, el Escorpión Negro con un impresionante rango de ocho, recibió su nombre, no necesariamente debido a su raza, sino más bien porque causó las muertes de sus enemigos picando.

Sharpe era un verdugo vicioso, cuyos dedos y manos ágiles conocían el uso de los impulsos eléctricos o las armas afiladas para causar la muerte.

Había aprendido acerca de las ubicaciones de los nervios en el cuerpo humano de su padre que fue un doctor de mediocre calidad. Aprendió del dolor y sus orígenes de experimentos practicados en sus enemigos.

Para el Escorpión Negro, la muerte de sus enemigos se convirtió, por lo general, una cuestión de deporte.

Una de sus armas más prominentes es la querida Zulfigar, que se refiere a una espada asiática con dos espadas curvas. Esta espada es una cimitarra y un símbolo de la fe islámica.

En este momento Sharpe esperaba en la entrada de la ciudad de Newville a su jefe Samuel Strong, *Sammie.*

Newville. El Escorpión Negro meneó la cabeza con alegría. No había nada nuevo en Newville.

La ciudad alguna vez se jactó de poderosas predicas y exageradas e insignes reuniones. Qué fácil era, en el proceso de celebración descontrolada, que el mal se introdujera entre los adoradores.

Sharpe soltó una carcajada porque el mal no resuelto continuaba. E iba a tener el placer de estar en el centro de todo.

Aunque los fundadores de Newville tenían grandes planes, las ciudades fuera de la ruta principal del ferrocarril rara vez sobrevivían. Newville no era la excepción.

Una presa construida sobre el Río Cuyahoga causó algunas veces inundaciones y pocos años después de eso, se ordenó el abandono de la ciudad.

Algunos cimientos de los edificios todavía permanecían en pie en el bosque justo al oeste del lago. Pero Sharpe sabía que algo todavía vivía en Newville.

El mal sobrevivió cuando otras cosas no y el mal no tenía oposición en Newville.

El Escorpión Negro prosperaba, a la espera de que un alma cansada buscara refugio aquí.

~*~

Legión había asignado a Ipos a Iku Zai, *Espadas Voladoras.*

Ipos, el gran gato negro, mantenía a sus víctimas acorraladas con sus afilados e hipnotizantes dientes blancos como la nieve. Sus ojos esmeraldas observaban todas las cosas, pasadas, presentes y futuras. Su cabeza se balanceaba de lado a lado sobre su musculoso cuerpo mientras acechaba a su presa.

Le sonrió a su títere Iku Zai sabiendo que había recibido la mejor elección de todos ellos.

~*~

Iku Zai *Espadas Voladoras* esperó a Kimura Ichi, *Espada Maligna*, en la ciudad de Blueball.

De vista, la delgada rubia simplemente se mezclaba con otros miles. Pero su nombre despertaba temor en los corazones de los guerreros en todas partes. Educada americana, su nombre traducido significaba mal violento y era descriptivo de su alma misma.

Una experta espadachín, con un rango de poder de seis, llevaba *La Maldita Muramasa*.

Su arma se consideraba como una espada demoníaca maldita que engendraba el deseo de matar en los que la manejaban.

La Muramasa traía tragedia, locura y finalmente muertes, tanto a las víctimas como a la persona que llevaba una.

Blueball, Ohio, una ciudad al suroeste del estado, había recibido su nombre debido a un conductor analfabeto de un autobús de turistas que no podía leer el letrero, cerca de los límites de la ciudad, que tenía el nombre correcto de la ciudad.

Para apaciguar a los ciudadanos furiosos, el ayuntamiento había erigido una esfera de metal de color azul sobre la intersección de las dos carreteras en el corazón de la ciudad. Y una vez más, el autobús de turistas se detenía para recoger a los pasajeros que esperaban.

Una gran bola azul todavía cuelga sobre la autopista en la salida de Blueball. Pero nadie recordaba el nombre original de la ciudad fantasma. Abandonada por la mayoría de los humanos, algo siniestro había establecido su residencia allí.

En ausencia de la ley, la anarquía abundaba. En la ausencia de la paz y el amor, el odio y las luchas prosperaban.

Así fue y así se quedaría—en Blueball.

~*~

Por primera vez llegó palabra de *Hell Town*, una vieja ciudad muy malvada que presumía un canal por debajo de la superficie. *Hell Town* era el lugar ideal para *El Señor de la Noche* y la sede principal de todas las operaciones de Apolión.

Situada en el centro de Ohio, escondida a simple vista, solo aquellos que sabían de Hell City podían encontrarla.

Varios edificios de cemento, una escuela y un gran garaje que alberga exposiciones de arte antiguo y bombas de gas abandonadas, junto con un centro de visitantes que todavía servían a los pocos visitantes locales.

Vías del tren podridas serpenteaban por el centro de la ciudad, pero el tren había abandonado la estación hacía mucho y también los viajeros. Sin embargo, los servicios de tren estaban todavía activos y disponibles para sus operaciones malvadas.

Ningún visitante se atrevía a tomar una excursión de día a Hell Town, mucho menos entrar al caer el sol en este centro de pura maldad.

~*~

Cada nueva ciudad era capaz de dar servicio a una amplia zona alrededor de ella y estaba estratégicamente situada aproximadamente a ciento treinta kilómetros de Hell Town.

Apolión levantó los brazos en señal de victoria y extendió sus seis alas de cuero mientras observaba su creciente reino. Satisfecho de ver cómo su oscura influencia se extendía por todo el estado.

Capítulo 23

Cinco meses más tarde El Emisario convocó al equipo.

"Han trabajado duro y han invocado al héroe en su interior. Estos últimos meses pasados han sido agotadores, pero al mismo tiempo muy gratificantes. Han llegado casi al final de su entrenamiento y son dignos." Levantó el dedo índice. "Todavía hay una última lección que aprender."

Sonrió y después continuó. "Cada uno de ustedes ha recibido dones del Espíritu que honran sus nombres. Algunos de ustedes han recibido varios dones pero hay uno en particular en el que sobresaldrán por encima de todos los demás."

Daniel se paró frente a Janet y tomó sus manos. "*Mujer de Fe*, tu don especial es fácil de discernir. Es el don de la fe. Eres capaz de ver lo que todavía no es, como si ya fuese. Bendecirás a muchos con tu confianza en el poder de Dios."

Se movió hacia Michael y puso sus manos sobre sus hombros. "*Astuto,* el don de la sabiduría te ayudará a entender qué hacer en situaciones difíciles. Permanece cerca de Dios, porque tu sabiduría está ligada a Él."

Daniel se volvió y trató de agarrar las manos de Abby. "Oráculo, a ti se te ha dado el don del discernimiento. Incluso puedes distinguir entre los espíritus, si son de Dios. Y disciernes cómo aplicar las escrituras en las circunstancias en las que te encontrarás a diario."

Con un paso rápido, Daniel se paró ante Josh y le puso una mano en la espalda. *"Políglota*, se te ha dado el don de lenguas. Con este regalo también tienes un tipo de discernimiento, pues discernirás el idioma."

Cuando llegó a Sandra, Daniel tomó gentilmente sus manos. *"Clarividente*, tú has sido bendecida con el don de la profecía. Bendecirás a muchos enseñando lo que aprendes y sabes."

Sonrió mientras se apartaba y encontraba las manos de Erin. *Restauradora*, ya nos has bendecido con el don de sanación. Puedes continuar haciéndolo."

A continuación, Daniel puso sus manos sobre los hombros de Chris. *"Maravilla*, el don de los milagros no se da a la ligera. Dios te usará para revelarse a los demás."

Daniel titubeó cuando llegó a Big Jax. Entonces puso sus manos en el bíceps del hombre grande. *"Descodificador*, se te ha dado el don de la interpretación de lenguas. Fácilmente entenderás y aprenderás idiomas." Asintió. No es de extrañar que nuestro Señor te haya puesto de pareja con El Polígota."

Daniel puso una mano sobre la espalda de Tadd. *"Juez*, tienes el don del conocimiento y tendrás un entendimiento especial de Dios y Sus caminos. Escucha Su voz y sabrás cuándo hablar y cuándo callar."

Mientras se paraba ante Anthony, Daniel puso sus manos a cada lado de la cabeza del líder del equipo. "*Guerrero*, tus dones son muy especiales. Te han dado los dones de revelación, poder e inspiración. Esa es tu carga por ser el líder. Sobresaldrás en la situación que requiera más de ti."

Dio un paso atrás. "Felicidades, guerreros héroes. Ahora están listos para la batalla."

El equipo levantó espontáneamente las manos. "¡Hurra!," gritaron, "¡Hurra!"

"Mientras han estado entrenando y ganando poder, algunas de las fuerzas malignas se han separado de Slattersville y se han trasladado a otras ciudades."

Michael movió la cabeza con indignación. "Debimos haber entrenado más fuerte y más rápido."

El Emisario meneó la cabeza. "No podemos adelantarnos al tiempo de Dios."

Anthony puso su mano sobre el hombro de

Michael. "El resto de nosotros aprendimos esa lección a la mala, Michael. Mientras todavía estabas en prisión no esperamos. Fuimos y verificamos la ciudad de Slattersville antes de que llegara el momento. El Emisario tiene razón. Nosotros no podemos apresurarnos delante de nuestro Señor." Meneó la cabeza. "Nunca más."

"Ohio ha sido atrapada en un plan maestro muy oscuro y malvado, con las fuerzas malignas controlando puntos cardinales del estado y cerrando las posibles salidas o entradas a las ciudades que controlan. Estoy consciente de los cinco puntos de ataque más importantes de nuestro enemigo."

El equipo miraba expectante a su instructor.

"El Comandante Élite ha dado a cada pareja de guerreros una tarea especial para implementarla juntos. Junto con las instrucciones para el entrenamiento, he recibido tareas específicas para cada una de las cinco parejas y las tengo aquí."

"Es bueno saberlo," dijo Anthony

"Cada pareja de guerreros partirá dentro de una semana, el mismo día y a la misma hora. Dejarán nuestra base y atacarán por sorpresa a los malvados comandantes y conquistarán esas ciudades estratégicas, las ciudades que actualmente controlan a Ohio."

"Nosotros podemos hacerlo." Anthony levantó

el puño y miró a los otros en el equipo. "Esta vez sabemos que el Señor nos está enviando. Esta vez sabemos que la batalla es del Señor."

"Correcto. Aunque sus oponentes no tengan miedo y puedan ser más fuertes que ustedes, no teman. El Señor ha prometido estar con ustedes. Recuerden su entrenamiento en todo momento y pongan en práctica lo que han aprendido, para que puedan lograrlo ese día y regresen conquistadores. Todos atacarán al enemigo el mismo día."

"¿Así que debemos encontrarnos en alguna parte en el centro de la ciudad el día que partamos?"

"No. Este seguirá siendo nuestro cuartel central," dijo el Emisario. "Según las instrucciones del Comandante Élite, le entregaré un sobre a cada pareja con su nueva misión. En el sobre encontrarán el nombre de su ciudad objetivo y los nombres de los líderes en la ciudad, tanto humanos como demonios.

Mientras el rango más alto en cada grupo abría el sobre, leyeron los papeles y luego miraron a su instructor.

"Veo la información aquí, pero ¿cuál es exactamente la misión?" Anthony preguntó.

El Emisario sonrió. "Buena pregunta. Por favor presten atención, porque va para la misión de cada pareja."

Todos los ojos estaban sobre su instructor y nadie hablaba.

"Ya saben que cada uno ha sido asignado a una ciudad. Su tarea es liberar a la ciudad de la opresión de los demonios que la gobiernan. Derroten a los demonios y sus títeres humanos serán derrotados también."

"Déjenmelos," dijo Big Jax. "Es tan bueno estar libre de ellos y quiero liberar también a los demás de sus malvadas garras."

"Tienen que expulsar a las fuerzas demoníacas de estos lugares porque el Comandante Élite tiene planes para estas ciudades fantasmas. No cometan errores. Las batallas no van a ser fáciles. Recuerden su entrenamiento y confíen en el Señor."

Daniel Samuels inclinó la cabeza. Estaba muy consciente del gran peligro de las batallas por venir, pero no se le permitió compartir esta información con nadie. Y así fue.

~*~

Apolión escuchó las noticias acerca de las posibles intervenciones a las ciudades. "Sabía que era demasiado bueno para durar," rugió iracundo. "Parece que el Señor debe dejarnos solos. Después de todo, solo hemos tomado las ciudades que nadie más quería."

Inmediatamente avisó a los líderes de cada ciudad para alistarse y prepararse para la batalla.

El mensaje tenía instrucciones claras. "No tomar ningún prisionero. No dejar que nadie escape. Cortar las cabezas de los intrusos y enviármelas."

Los equipos malvados estaban ansiosos por probar la sangre.

El malvado comandante humano conocido como *Señor de la Noche, Jefe de Jefes* nunca usaba su nombre real por protección tanto de amigos como enemigos. Su arma era más poderosa que las de todos sus compañeros de equipo juntos.

El Señor de la Noche era agraciado y terrible todo al mismo tiempo. Él excedió el mal. Y para cualquiera que se atreviera a atravesarse en su camino dos veces, manejaba su arma como el entrenado guerrero samurái japonés que era. Y nadie se cruzaba en su camino.

Muchos intentaban ascender en el rango acercándose a él y aprendiendo su nombre, pero la mayoría no vivía para contar la historia. No, ellos simplemente desaparecían en la noche y otros solo podían adivinar su destino. Y nadie lo retaba.

El *Señor de la Noche* avisó a cada uno de los oscuros líderes humanos.

"Prepárense para la batalla. Algunos intrusos están intentando tomar posesión de nuestras ciudades. Demuestren que son dignos y no perdonen a nadie."

Cada líder malvado estaba listo para la batalla. Nacieron para esto. Nacieron para matar, y con mucho gusto honrarían sus ciudades masacrando a los intrusos cobardes que intentaban infiltrarse en su zona de influencia.

Aunque no tenían ni idea de a quién esperar o a quién buscar, los líderes malvados no se preocupaban ni les importaba. El resultado sería inevitable.

~*~

Los guerreros héroes pasaron la semana previa a la batalla como una semana de preparación para el equipo, muy parecida a la Fiesta de los Panes sin Levadura antes de la Pascua para los israelitas.

Se concentraron en asimilar todos los detalles de su entrenamiento anterior, orando, adorando, leyendo la Biblia y pasando tiempo con sus familias.

La noche antes de la gran batalla, los miembros del equipo acordaron tener una reunión en casa de Michael. No era el centro de Ohio, pero habían decidido tener todas las devociones nocturnas como equipo.

Hasta Daniel Samuels estuvo de acuerdo en dejar Slattersville por primera vez en muchos años. "La ocasión lo amerita," dijo.

Michael y Deborah se las arreglaron para encontrar una mesa redonda grande y sentaron a todos los miembros del equipo por rango, empezando desde el rango más bajo hasta el más alto.

Por supuesto Daniel era considerado un invitado. Después de todo, Daniel no iba a luchar. Fue solo el entrenador del equipo. Y nadie conocía su fuerza o número de rango.

Alrededor de las 10:00 pm Deborah se retiró y Janet les dio su dormitorio a Becky y Ben.

El resto de la noche transcurrió con grandes anécdotas e historias compartidas entre los miembros del equipo, mezcladas con sus oraciones.

"Y si tienen que saltar y brincar, recuerden mantener su trasero lejos de sus sandalias flameantes," dijo Erin con una risita. "Porque podría pasar un buen rato antes de que pueda llegar hasta ustedes y curarles las ampollas."

Después de cada broma alegre, otro de los miembros del equipo ofrecía una oración seria.

Fue una noche muy fortalecedora para todos los héroes porque sabían que necesitaban ser fortalecidos contra lo que enfrentarían en solo unas pocas horas.

~*~

Finalmente, llegó la mañana y fue hora de que cada pareja de guerreros héroes comenzara su viaje para enfrentar lo inesperado.

Cada una de las cinco ciudades objetivo estaba

casi a la misma distancia del centro de Ohio. Pero, por supuesto, los miembros del equipo estaban en Clanston, que para nada estaba en el centro de Ohio, por lo que los equipos no llegarían a su objetivo al mismo tiempo.

Anthony había alquilado cinco vehículos rápidos llenos de combustible para llevarlos a sus destinos y de regreso a casa.

"¡Que empiecen las batallas!" gritó Apolión desde una ubicación desconocida.

Los miembros del equipo se miraron unos a otros. Todavía no podían determinar la ubicación de esta malvada y aterradora risa, pero todos escucharon las palabras y recibieron el mensaje. Se dirigieron hacia sus vehículos.

Ya era hora.

Capítulo 24

Anthony siguió las instrucciones cuidadosamente. Con su pie en el acelerador oro por caminos despejados mientras el Mustang volaba por la carretera hacia Knockemstiff.

Erin hizo un buen trabajo de navegación y pronto dieron vuelta en un camino polvoriento con un letrero en ruinas que señalaba el camino hacia la mortal ciudad fantasma que era su objetivo.

"Qué triste que lo que solía ser una pequeña ciudad tranquila y feliz, se haya convertido en el lugar para una de nuestras más grandes batallas para luchar contra las fuerzas de la oscuridad."

Aproximadamente a un kilómetro y medio de la ciudad Anthony escondió el coche entre los árboles. Él y Erin se transformaron y caminaron a la ciudad.

Guerrero, con un número *uno* en el lado derecho de su pecho, representaba a un *Caballero de Piedras Preciosas de Granate Negro* llevando su espada Mameluke, especialmente utilizada por oficiales de la Marina. Sus sandalias negras espartanas flameaban mientras marchaba hacia Knockemstiff.

Cuando él y Restauradora estaban a unos treinta metros de distancia de la entrada de la ciudad, Guerrero vislumbró a su oponente y se apresuró a encontrarse con el gigante, un americano japonés de pie frente a la puerta.

Hacía buena pareja con Koroshiya San que también mostraba un rango de uno en el lado izquierdo de su pecho.

El Asesino se enfrentó al ataque con audacia, con un poderoso golpe de su única Espada Honjo Masamune.

"No tan rápido, ¿no deberíamos conocernos primero?"

Guerrero resopló y fue por su segundo ataque.

Ambos saltaron tan alto que parecía que estaban volando. Se encontraron en el aire golpeando las espadas del otro.

Restauradora y Daga Envenenada se quedaron atónitos. La vista era tan increíble y la fuerza poderosa que salía de cada ataque casi aventó a Restauradora y a Daga Venenosa.

Pero la batalla también estaba causando estragos en los edificios que los rodeaban.

"A este ritmo destruiremos la ciudad," dijo Guerrero.

"Sí, en efecto," respondió Asesino. Señaló a la gran montaña cercana. "Ascendamos allá para nuestra lucha."

Corrieron hacia adelante en posición de

combate sin perder los ojos del otro por un segundo. Ambos sujetaron con fuerza sus poderosas espadas y gritaron su propio grito de guerra.

~*~

Sus maridos habían estado con el equipo preparándose para este día, y aunque Becky y Deborah no estaban plenamente conscientes de los peligros y las complicaciones que ese día podría traerles, habían decidido permanecer juntas.

Sintieron el llamado del Espíritu Santo para la oración e intercesión.

Becky pensó que Ben estaba jugando en silencio en la otra habitación, pero el niño de seis años saltó sobre el sofá. "Mamá y tía Deborah, ¿podemos orar por Papi y su equipo?"

Cuando oyeron las palabras que salían de la boca del niño pequeño, no sonaba como una sugerencia en absoluto, salió más bien como un mandato y así fue.

No podían detener la fuerza espiritual dentro de ellos orando por *El Guerrero* y el equipo del Señor.

~*~

Restauradora y Daga Envenenada estaban de pie uno junto al otro como si fueran amigos, y vieron al primero en el mando pelear en el cielo.

Cuando estuvieron fuera de la vista, el

guerrero negro de mediana estatura se volvió hacia Restauradora. "Soy Garnet Dukes, mejor conocido como Daga Envenenada." Su rango de siete expuesto en su brazo. "Creo que podemos comenzar nuestra pelea ahora. El jefe está ocupado." Levantó su famosa espada Tizona que a menudo se le llama palo ardiente o antorcha.

"Supongo que sí. Parece que estamos listos." Restauradora salió del aturdimiento en que la lucha ardiente la había dejado y tocó su *Espada Ropera*, ligera y delgada para el valor, aunque Daga Envenenada poseía un rango más alto que el número ocho exhibido en su pecho. "Pero no es demasiado tarde para cambiar de lado, sabes." Ella dio una patada a sus sandalias espartanas y un impresionante disparo de fuego voló detrás de ella mientras sostenía en alto su arma y se movía en un círculo alrededor de Daga Envenenada.

"Ahora, ¿por qué querría yo hacer eso?" Daga Envenenada parecía confiado con el resultado de la batalla, puesto que era más fuerte que Restauradora. "*¡Que comience la fiesta!*"

Restauradora se encogió de hombros. "Tuviste tu oportunidad." Ni siquiera prestó atención al rango de él una vez que la batalla comenzó.

~*~

Daga Envenenada quería impresionar a su jefe. Pero sobre todo quería terminar la pelea rápidamente para poder correr al lado del Asesino. Quería presenciar con sus propios ojos los movimientos más fuertes de su jefe.

Usando toda su fuerza, Daga Envenenada golpeó a Restauradora en el hombro izquierdo, provocando una cortada que comenzó a sangrar.

Restauradora vio la sangre y solo sonrió y gritó, "Dejemos que la batalla comience". Tocó su mejilla con su hombro.

Perra loca. ¿Por qué estás emocionada cuando estás sangrando?

Restauradora devolvió el golpe y logró cortar a Daga Envenenada en el brazo derecho.

¡La perra me cortó! ¿Cómo lo hizo? No tengo tiempo que perder. Debo terminar esto e ir con mi amo.

Daga Envenenada llamó a su demonio *Eligos* para que se fusionara con él. Su largo pelo oscuro se volvió rubio y su nueva espada parecía ahora como una lanza de doble espada y más fuerte que antes.

Daga Envenenada blandió su Tizona maligna *de doble espada ahora* más poderosa sobre Restauradora. Cuando dijo las palabras, ambos lados de las espadas aumentaron su tamaño diez veces con un poderoso fuego ardiente.

Restauradora intentó bloquear el ataque, pero el fuego que salía de la nueva Tizona era demasiado fuerte. Logró bloquear una de las espadas, pero el fuego quemó su piel y la otra espada la apuñaló gravemente. Cayó inconsciente al suelo.

Daga Envenenada pensó que estaba muerta debido a su poderoso golpe y se fue a ver la increíble batalla de su amo, el Asesino.

~*~

Algo había estado llamando a los corazones de los ancianos en New Hope Trinity Church. Los ancianos estaban incómodos, pero no sabían el porqué.

No era hora de servicio, solo era un poco más tarde del mediodía, pero una fuerza más fuerte que ellos mismos, los llevó a ir al edificio de la iglesia, donde sorprendentemente el Pastor Rick estaba dedicando algún tiempo a la oración.

El Pastor Rick normalmente oraba en casa, en su propio espacio tranquilo, pero se sintió intranquilo y vencido por la necesidad de visitar la iglesia y orar allí y así lo hizo.

Los ancianos entraron en tropel como patos en una fila y sin siquiera detenerse a saludar, entraron al edificio de la iglesia alabando y adorando al Señor.

Cuando el Pastor Rick se dio cuenta estaba en medio del grupo intercediendo ante Dios y todo el grupo de ancianos a su alrededor en una cadena de oración. No sabían por qué estaban orando o por quién estaban orando, las únicas palabras que les llegaron a la mente fueron "Equipo Precioso." No sabían si ese Equipo Precioso eran los ancianos o alguien más, pero no podían parar. Sabían que tenían que interceder y orar por la intervención del Señor.

~*~

El Señor de la Noche pudo ver relámpagos en el cielo procedentes de la feroz batalla de estos dos poderosos guerreros en Knockemstiff. *Subestimé a mis rivales.*

Entonces ocurrió lo inesperado, Guerrero bloqueó un poderoso ataque y cortó la pierna izquierda de Asesino, con un giro curvo de su espada.

Parecía que Asesino vio su propia sangre por primera vez. Con una voz de mando llamó a *Malphas* y se fusionó con su demonio.

~*~

Al principio Guerrero no vio ningún cambio con la transformación, pero sí se dio cuenta que estaban aumentando la velocidad y la fuerza en los golpes. Comenzó a tener problemas para continuar con la batalla.

Y entonces, Guerrero no pudo ver a Asesino o su posición. Tenía que bloquear los ataques utilizando sus sentidos.

Aun así, la velocidad de Asesino era demasiado rápida.

Guerrero primero estaba sangrando de su

brazo derecho, luego de su pierna derecha, después de ambos brazos y piernas.

El Asesino estaba usando el poder de la invisibilidad de su demonio para crear su técnica más feroz, la *Mortal Espada Invisible*.

Guerrero sabía que estaba perdiendo la batalla. *Si no lo veo, no puedo cortarlo. Concéntrate, Guerrero, y recuerda tu entrenamiento.*

Guerrero entonces cerró los ojos y comenzó a usar su poder espiritual y los sentidos. Después empezó a mirar las sombras de su rival.

Ahora era capaz de bloquear el ataque, aunque todavía no había podido ver completamente al Asesino, solo los movimientos de su sombra.

Después de analizar e intentar predecir los golpes y ser apuñalado muchas veces en el proceso, Guerrero finalmente logró predecir el próximo movimiento y con un poderoso swing, acuchilló al Asesino.

No sabía dónde había golpeado, pero el Guerrero podía ver la sangre moviéndose con la sombra del Asesino.

~*~

"De pie. Debes darte prisa," dijo el Comandante Élite a la Restauradora mientras ella recobraba la conciencia. "Corre a Guerrero. Te necesita ahora."

Restauradora tocó su piel quemada y sus heridas usando sus poderes curativos y se dirigió a la batalla.

Rápidamente pasó por Daga Envenenada que estaba muy emocionado con el gran poder de su maestro que ni siquiera la vio cuando lo pasó y se dirigió a la montaña.

Cuando llegó a Anthony gritó, "*Guerrero, Fusión.*"

Inmediatamente la espada Mameluke con empuñadura de espada de acero curva cruzada se mezcló con la Espada Ropera, espada ligera y delgada creando una última arma letal, una espada inglesa *Double Rapier* que lanzaba luz inconmensurable.

La luz impidió a Asesino saber si los espadachines venían de frente o por detrás.

La intensidad de la luz se disparó sobre el área de batalla e hizo desaparecer cualquier otro objeto cerca de ellos y cegaría a cualquier otro oponente que estuviese considerando unirse al conflicto.

Guerrero lanzó un poderoso ataque hacia la sombra del Asesino que se acercaba y lo apuñaló, forzándolo a detenerse. La luz también cegó a Daga Envenenada al mismo tiempo.

Pero el Asesino no vaciló. Fue por su última técnica de matanza *Tornado Oscuro Honjo Masamune.* La velocidad del Asesino se convirtió en un tornado oscuro con solo el relámpago de su poderosa espada apuñalando a su oponente y arrojándolo al suelo.

"La batalla ha terminado," dijo.

El Asesino no pareció notar la segunda espada Rapier que venía desde atrás hasta que lo apuñaló en el pecho y cayó en el suelo también.

Entonces Guerrero volvió a su estado de guerrero original y Restauradora también, eliminando automáticamente las joyas que causaron la ceguera en Daga Envenenada.

Él abrió los ojos y vio a su poderoso maestro en el suelo y su oponente Guerrero estaba ahora de pie en una posición débil.

Más para su sorpresa, Restauradora, su antigua rival, también estaba parada allí.

Blandió su espada para matar a Restauradora de una vez por todas, pero Guerrero lo bloqueó con un movimiento que lo aventó.

"No te preocupes por él, Guerrero. Él es mío," dijo Restauradora. "Ve, termina tu propia batalla."

Una vez más Asesino se puso de pie y ahora estaba espalda con espalda con Daga Envenenada, su segundo al mando.

Guerrero se enfrentó ahora a Asesino y Restauradora, al otro lado, se enfrentó a Daga Envenenada.

"Jefe, matemos a estos dos parásitos de un

solo golpe," dijo Daga Envenenada, asintiendo hacia sus oponentes con la cabeza.

Ellos arremetieron para la matanza final.

Pero Guerrero usó su súper sentido espiritual lo mismo que Restauradora.

"Golpe final," gritó Guerrero.

Asesino y Daga Envenenada siguieron intentando avanzar, pero en su lugar, cayeron al suelo. Habían sido heridos de muerte por la *espada Mameluke* y la *Espada Ropera*.

La oscuridad dominó a los dos líderes malvados y sus vidas parecían desvanecerse. Quedaron inconscientes en el suelo.

Asesino, Mastema, Daga Vennosa e Ipos estaban ahora derrotados Y en toda la ciudad de Knockemstiff apareció la luz.

Capítulo 25

El Pastor Good sintió el impulso y la insistencia del Espíritu, pero no sabía lo que significaba. Fue como si estuviera mirando a través de un cristal oscuro.

Cayó de rodillas. "Señor Dios, siento el llamado de Tu Espíritu. Muéstrame lo que quieres que haga."

Fuego llenó su corazón, pero Dios parecía guardar silencio. Si solo pudiera entender esto, podría compartirlo con el equipo de evangelización cuando se reunieran más tarde esa mañana.

Cuando llegó el momento de la reunión el Pastor Good dio la bienvenida al grupo. "Creo que el Señor tiene algo especial para que nosotros hagamos o decidamos hoy, así que tenemos que empezar tan pronto como todos puedan ocupar su lugar."

Miró alrededor. "Parece que todos estamos ubicados. Empecemos inclinando nuestras cabezas en oración."

Cuando abrió la boca para orar, el Espíritu llenó su corazón, así como el corazón de todos los que le rodeaban. Todo el equipo de evangelización comenzó intercediendo en lenguas angélicas, alabando al Señor.

No había nadie más alrededor, además del equipo de evangelización. Habían esperado tener una reunión pero el Espíritu tenía otros planes. Sus oraciones se convirtieron en una poderosa intercesión para personas que ni siquiera conocían.

En un momento de silencio, una pausa, uno de los evangelistas se puso de pie. "Debemos tomar el día para interceder por *Su Precioso Equipo.*"

Todos estaban de acuerdo y ese día se convirtió en un día de intercesión por "*El Equipo Precioso.*" En ese momento pensaron que estaban orando por el equipo de evangelización. Pero algo más profundo dentro del Pastor Good le hizo comprender que no se trataba de ellos sino de alguien más. ¿Quién podría ser el *Equipo Precioso*?

~*~

En la ciudad de Newville en el lado este de Ohio, nada era nuevo, excepto los dos presentes que no habían sido invitados que estaban a punto de llegar. Era medio día, el cielo estaba sin nubes, pero de alguna manera mientras Políglota y Descodificador llegaban a la ciudad, la luz del sol se desvaneció.

"Parece que este lugar está protegido desde el

exterior con el poder oscuro y malvado interno," dijo Políglota mientras él y Descodificador caminaban hacia su objetivo. La oscura presencia más negra que Políglota había visto emanaba de toda la ciudad.

"Miren por allá." Big Jax hizo un gesto hacia el letrero de entrada de Newville, donde estaba parado un tipo musculoso de piel oscura.

"Está apoyado contra el poste con las manos en los bolsillos, pero mira los tendones abultados en su cuello," dijo Políglota. "Si me preguntas, está listo para abalanzarse."

~*~

Desde el momento en que Apolión había hecho sonar la alarma, el sanguinario Escorpión Negro anticipó ansiosamente la gran pelea por venir.

Vio acercarse a los dos presentes que no habían sido invitados. Una pareja extraña. Uno de ellos era un hombre gigante, con los brazos y el cuello cubiertos de tatuajes con los símbolos de varias pandillas. El otro era más joven y ligeramente fornido. Escorpión Negro entrecerró los ojos e intentó reconocerlos por las descripciones y cuentos que sus compañeros contaban.

"Oye, chico grande," gritó Escorpión Negro. "Me pareces familiar. ¿Quién eres? ¿Y quién es tu flaco asistente?

"Soy Big Jax y mi socio es Josh Pennington."

"¡Lotería!" Escorpión Negro golpeó su muslo. "Así que, eres el antiguo jefe. El traidor y su nuevo títere han venido a hacernos una visita. Encantado de tenerte por aquí hombre. He escuchado que eres un tipo muy fuerte. Seguramente me darás una buena pelea antes de que des tu último suspiro."

"Y quiénes," preguntó Big Jax, "¿son ustedes?"

"¡Ja!" Prepárate a temblar cuando te lo diga. Soy Nash Sharpe, mejor conocido como Escorpión Negro y soy el segundo al mando aquí."

"Solo el segundo al mando." Big Jax sacudió la cabeza y resopló. "Eso significa que yo necesito buscar a tu líder."

Escorpión Negro hinchó su pecho. "¡No! Primero tienes que pasar por mí."

"Seré tu oponente," dijo Políglota. "No tienes que preocuparte por Descodificador."

"Te conseguiste un nuevo nombre, amigo. Genial. Esperaba que fueras un digno rival." Escorpión Negro rió. "No hay problema por mí. Iré por ambos de una vez." Entrecerrando los ojos de nuevo, los estudió, tratando de ver qué tan poderosos eran. Pero eran realmente buenos en ocultar su nivel de fuerza.

"Para ser justo, primero tengo que darte la oportunidad de rendirte," dijo Políglota.

Escorpión Negro casi se cayó de la risa.

"Todo bien entonces. No más charla." Polígota se dirigió a Big Jax. "Es hora. Descodificador, adelántate y encuentra al líder de esta ciudad. Te encontraré en diez."

Miró a Escorpión Negro, entonces. "No te preocupes por Descodificador. Tu lucha es conmigo y esto no durará mucho."

En el nombre del Padre, del Hijo y del Espíritu Santo, transformación, Josh dijo en su corazón.

"Guau. Debes ser el caballero azul o algo así," dijo Escorpión Negro cuando vio al transformado Caballero *de Piedras Preciosa Azul Violeta* de pie ante él.

"Es *Polígota* contra quien pelearás como estás a punto de averiguarlo." Josh se adelantó y un fuego ardiente salió de sus pies.

"Amigo, me gustan tus sandalias. Ese es un buen efecto. Fuego. ¡Ah! Necesito conseguirme unos zapatos de pelea como esos," dijo Escorpión Negro mientras sacaba su espada Zulfigar.

Polígota se paseaba de un lado a otro delante de Escorpión Negro. "Si estuvieras del lado del Señor tendrías sandalias como estas."

Descodificador se había vuelto para encontrar al líder de la ciudad, de modo que Escorpión Negro aprovechó la oportunidad para golpearlo. Pero se encontró con su espada en el aire. La delgada espada Messer del tipo había bloqueado el ataque.

"Te lo dije, soy tu oponente," dijo Políglota mientras volvía a balancearse con una tremenda fuerza."

"Eres flaco pero parece que eres más fuerte de lo que pensaba," reconoció Escorpión Negro.

Abdiel el demonio y gobernante de Escorpión Negro apareció detrás de su marioneta sosteniendo cadenas negras con navajas, hachas y espadas en la punta de cada cadena.

Escorpión Negro se sintió empoderado y fue por el segundo golpe, aplicando más fuerza esta vez, tratando de golpear puntos nerviosos específicos para neutralizar a Políglota.

La espada de Políglota bloqueó otra vez el golpe de Escorpión Negro. Con un repentino giro de su espada El Políglota pudo herir a Escorpión Negro.

"Ah. Solo un corte superficial." Escorpión Negro le dirigió una mirada lasciva. "Es hora de abrir los ojos. *Abdiel.*"

Abdiel el demonio se fusionó con la espada Zulfigar de Escorpión Negro, creando un arma más grande y fuerte con dos afiladas espadas paralelas con una curva puntiaguda formando una V. Y, por supuesto, las cadenas negras con navajas y espadas estaban en la punta de la espada nueva de Escorpión Negro. La llama más oscura jamás vista por los humanos salió disparada de la nueva espada fusionada.

El *Políglota* blandió su espada Messer que fue fácilmente bloqueada con la nueva espada de Escorpión Negro. Entre el bloqueo, el Zulfigar golpeó un sistema nervioso muy especial de Políglota, enviándolo así al suelo.

Escorpión Negro podía ver el número diez en el lado derecho del pecho de Políglota, entendiendo que Políglota no era rival para él.

"La batalla se terminó," dijo Escorpión Negro triunfante. Blandió su letal ataque ardiente para paralizar por completo a Políglota y darle el golpe final.

Pero Descodificador bloqueó el ataque con el fuerte golpe de su espada Kodachi. Escorpión Negro voló hacia atrás.

"¿Estás bien, Políglota?" preguntó Descodificador.

"Debo admitirlo, pensé que lo podría manejar por mí mismo, pero agradecería un poco de ayuda."

Descodificador rió

"Fusionen sus armas," dijo el Comandante Élite.

Cuando Escorpión Negro miró a su alrededor para ver quién había hablado, el doble Kodachi se mezcló con la espada Messer de un solo filo de 60 centímetros creando un Kusarigama poderoso e increíble.

Sus ojos se quedaron sorprendidos. Sus oponentes ahora tenían un aterrador instrumento de eliminación.

Dos espadas doradas filosas en el borde de cada lado de la nueva arma tirando con dos cadenas muy grandes con destellos de topacio cambiaron la atmósfera desde el amanecer hasta el atardecer.

"Prepárate a caer," rugió Big Jax.

El ambiente ya no estaba oscuro, la fusión de las espadas de los intrusos trajo ligereza a este lugar.

Escorpión Negro tembló. Pero se recuperó y voló hacia delante con todas sus fuerzas para acabar con estos intrusos cuando vio la espada Kusarigama volar en el aire con sus doradas espadas afiladas.

"Fallaste," dijo Escorpión Negro con una carcajada. "Mi turno."

Vio un punto ciego y encontró una abertura para golpear y destruir a estos dos con un solo golpe. Con un tremendo arranque de victoria gritó, "Golpe final Zulfigar, mata."

"¿tú crees?" preguntó Descodificador. "Esto es casi demasiado fácil."

Echó para atrás las dos cadenas muy grandes con destellos de topacio. El arma voló de nuevo hacia su adversario como un tornado con una luz indescriptible, flameando como los colores del arco iris.

"Corta," dijo Políglota.

Escorpión Negro intentó girar y bloquear el ataque Kusarigama, pero era demasiado tarde. Vio a su malvado protector que alguna vez fue un ser guapo y musculoso, tumbado en el suelo cortado por la mitad y desapareciendo. Su espada Zulfigar estaba rota en dos pedazos.

Entonces las propias luces de Escorpión Negro se desvanecieron y ya no supo más.

~*~

"Señor Jesucristo, creador del cielo y la tierra y Señor sobre todo, la batalla es tuya, deja que tu Espíritu Santo guíe a nuestros héroes y dales la victoria," dijo Ben.

Cuando Deborah y Becky escucharon esa oración que salía del niñito, finalmente entendieron lo grave que era la situación y, al mismo tiempo, se sorprendieron de cómo el Espíritu estaba usando a ese niñito para la intercesión.

Saltar y bailar en el Espíritu era la tarea de este día para las dos mujeres y el niñito, algo que no podían comprender, pero el Espíritu los estaba utilizando de una manera muy sobrenatural.

~*~

El demonio Abdiel y su títere Escorpión

Negro estaban derrotados.

"Uno menos y falta uno," dijo Descodificador.

Los dos guerreros siguieron su caminata por la calle principal siguiendo una gran oscuridad que irradiaba de una calle sin salida no muy lejana.

~*~

Cuando Sammie oyó el grito, "Golpe final Zulfigar, mata," se rió consigo mismo. "Pensé que iba a tener que luchar, pero ni siquiera tuve que conocer a estos intrusos. Bien hecho, Escorpión Negro."

Sammie se sirvió una bebida fuerte para celebrar la victoria y esperó a Escorpión Negro cuando de repente sintió una presencia luminosa y fuerte.

"Demasiado pronto para celebrar," dijo Descodificador. "¿Estoy interrumpiendo algo?"

Conocía esa voz y cuando se volvió reconoció ambos rostros. "Bien, veamos quién está aquí. El Jefe y Josh."

"Sammie," dijo Descodificador con una inclinación de la cabeza.

Millones de pensamientos pasaron por la mente de Sammie acerca de las historias que había oído sobre Big Jax, el Dragón, lo fuerte y valiente que era. "Jefe, no podía creer que te hubieras convertido. Pero aquí estás, y veo que es verdad, El Dragón se ha convertido en un traidor."

"Y yo puedo ver que eres el líder de esta ciudad," dijo Descodificador. "Qué lástima que deba convertirte en cenizas. "Es decir, a menos que decidas unirte a mí."

"Ni lo sueñes," dijo Sammie. "Siempre he sido más fuerte que tú, pero eras el Jefe." Se encogió de hombros y colocó su vaso sobre la superficie plana más cercana. "Tuve que respetarte y obedecer tus órdenes. Pero las cosas han cambiado. Eres un traidor y ahora soy el Jefe," Sammie sonrió satisfecho. "Seré altamente recompensado por derrotarte. *El Señor de la Noche* estará satisfecho."

"Gracias por la información," dijo Descodificador. "*El Señor de la Noche* es contra quien debería luchar, no contigo. Hazte a un lado y dime dónde está."

Sammie sabía que su oponente era un tipo muy fuerte, por lo que necesitaba atacar con todas su fuerza desde el principio y no darle una sola oportunidad al error o estaría acabado.

Pero aún no podía medir ni detectar el nivel de fuerza de su oponente. Era como si algo bloqueara la lectura de su nivel.

Se había considerado el hombre vivo más fuerte, con su cabello largo y cuerpo de atleta. Pero sin ver a su segundo por ninguna parte, necesitaba más ayuda desde el primer golpe.

"*Botis,* fusionate," Sammie gritó el nombre de su demonio."

En la forma humana de Sammie crecieron dos cuernos y su boca se llenó de grandes dientes. Fusionado con su demonio, presentaba la forma de un dragón gigantesco con impenetrables escamas café verdoso.

Su Espada de plata de siete ramificaciones estaba brillando ahora con afiladas espadas en cada rama. La vista de este Guerrero era impresionante y aterradora.

El rango de fuerza en su brazo izquierdo mostraba el número tres, revelando que era uno de los malvados gobernantes más fuertes con el que había que luchar. *Dejemos que el traidor intente algo nuevo ahora.*

"De modo que así es como solía verme," dijo Descodificador "Creo que no hay tiempo que perder." Se transformó en el *Caballero de Piedras Preciosas Musgravite Azul* listo para esta pelea con sus dobles espadas Kodachi y sus pies flameando al mismo tiempo.

Con fuego de pies a cabeza, Descodificador estaba cubierto de rayos y su armadura brillaba como mil millones de estrellas.

Sammie se fijó en el número tres en el pecho derecho del traidor y asintió. "Parece que somos iguales en el nivel de fuerza, veamos quién es más fuerte de verdad, la fuerza del mal o la fuerza de la luz," dijo el recién transformado Sammie con su voz más grave. "Siempre imaginé que la luz sería más ligera que la oscuridad."

Descodificador le echó una mirada a Políglota. "No intervengas, este es mío."

El estrépito del metal contra el metal de las espadas llenaba el aire. Sammie quería terminar la lucha rápidamente pero el traidor bloqueaba cada movimiento. Luchó más duro pero estaban parejos y ninguno pudo vencer al otro.

Manchas oscuras irradiaban de cada golpe de la fuerte espada de siete ramificaciones de Sammie. Cada una de las siete cuchillas buscaba cortar a su adversario.

Tiene que haber una manera de derrotar a este tipo. Sammie analizó los ataques de Big Jax, reduciendo su velocidad y aumentando su fuerza, con la esperanza de encontrar un punto ciego o un punto débil para golpear e ir por la presa.

Poderes oscuros golpearon los edificios circundantes.

Aun así, los swings de Descodificador eran tan fuertes que algo como estrellas de relámpagos salían con cada golpe de sus dobles espadas Kodachi.

Finalmente, Sammie vio una pequeña abertura en el plan de ataque de Descodificador. "Te tengo ahora, Jefe," gritó triunfalmente y fue por la presa.

"Ya no soy tu jefe, soy Descodificador y creo que soy yo quien te tiene."

Ambos guerreros se golpearon mutuamente en un solo golpe.

Sammie cayó al suelo con su brazo izquierdo sangrando.

El Descodificador cayó al otro lado con la pierna derecha sangrando. Se levantó de un salto con una cojera.

"No he terminado todavía." Sammie dividió su espada de siete ramificaciones y las lanzó en todas direcciones con su técnica de súper velocidad.

Una vez más Descodificador cayó al suelo gravemente herido. Una de las siete espadas había golpeado a Big Jax en la espalda.

Sammie rugió victorioso y saltó hacia adelante para el golpe final, pero Políglota lo bloqueó con su espada Messer.

" Políglota, fusiónate," dijo el Descodificador.

Las espadas de los oponentes de Sammie se fusionaron en un poderoso e increíble Kusarigama.

"Eso no cambiará el resultado de esta batalla," dijo Sammie.

Pero de alguna manera el número tres en el pecho del Descodificador comenzó a parpadear y parecía más brillante, aumentando la intensidad de la espada.

Al mismo tiempo, Sammie sintió un enorme aumento de poder. *Bien.* Era hora de poner fin a esta batalla. No más tiempo para la diversión, era hora de matar a estos dos parásitos.

Fue por su último y mortal swing maestro con la división de su Espada de Siete Ramificaciones, pero esta vez, no solo las siete hojas volaron hacia sus oponentes, sino que el gigantesco dragón disparó sus llamas mortales para consumir todo en su camino.

Sammie echó la cabeza hacia atrás y lanzó un grito de dragón victorioso. Todo fue consumido por el gigantesco fuego y las siete espadas regresaron chorreando sangre.

"La batalla ha terminado," dijo Sammie mientras el humo se desvanecía.

Los intrusos yacían en el suelo, ensangrentados y cubiertos de cenizas del terrible incendio.

Descodificador levantó la cabeza. "Todavía no." Lanzó al aire sus increíbles espadas de Kusarigama, dirigidas hacia la cabeza del dragón.

Sammie esquivó el golpe. "¿Eso es todo lo que tienes?" Echó hacia atrás su cabeza otra vez y rugió de risa.

"Corta," dijo Políglota mientras tiraba de las dos cadenas muy grandes destellando luces de topacio.

"Reduce a cenizas," dijo Descodificador.

Cuando Sammie se dio cuenta que una de las espadas del Kusarigama había cortado la cabeza del dragón y la vio rodar por el suelo, logró agarrar la otra espada antes de que lo cortara.

Su mano fue reducida a cenizas con los destellos de topacio de la poderosa Kusarigama.

¿Qué pudo haber pasado? ¿Cómo pude perder con el jefe traidor y su títere?

"La batalla ha terminado," fueron las últimas palabras que Sammie escuchó.

Botis el demonio y su pupilo Sammie fueron derrotados.

~*~

La batalla es del Señor. Él tiene la victoria, dijo uno de los ancianos de New Hope Trinity Church. Es hora de echar fuera todos los espíritus malignos, Señor Todopoderoso. Líbranos del mal y de sus fuerzas. Libera y da la victoria a tu "*Precioso Equipo.*"

No tenían idea de lo que estaba pasando, pero el Espíritu los estaba usando para algo mayor que ellos mismos.

~*~

"Arrasen con el mal en esta ciudad. Expulsen a todos los demonios," el Comandante Élite ordenó al ejército celestial.

Ambos guerreros héroes vieron la flota de

soldados celestiales con sus espadas en posición de combate y todas las fuerzas oscuras y los demonios tratando de huir después de que sus líderes habían sido destruidos.

Con un solo golpe de una espada relampagueante del ejército celestial, pareció que un tipo de explosión de bomba atómica arrasó con los espíritus malignos de toda la ciudad y la luz irradió por toda la Ciudad de Newville.

Capítulo 26

Dondequiera que abundaba la anarquía, la lucha y el odio parecían prosperar. Tal era la suerte de Blueball, una pequeña ciudad abandonada por la mayoría de los seres humanos y gobernada por fuerzas siniestras.

Mientras los dos héroes se dirigían a la zona noreste de Ohio, Janet de pronto sintió una fuerza oscura abrumadora que venía de una calle que lucía más como un pequeño camino que como una carretera. "Alto," dijo. "Mira hacia atrás."

Un viejo letrero anunciaba 'a 1.6 kilómetros de Blueball'.

"Seguro que no quieren que nadie encuentre este sitio," murmuró Janet mientras Michael frenaba el auto y giraba hacia el camino.

A mitad del camino para llegar a la ciudad, escucharon unos golpes y sonidos metálicos horribles que venían de la capota de su vehículo.

Un cuarto de distancia más adelante el auto se sacudió y se detuvo.

"¿Qué está pasando?" Michael gimió. "Anthony específicamente escogió estos Mustangs porque eran tanto veloces como nuevos." Salió del auto para chequear el motor y la batería.

Janet echó un vistazo al camino hacia su ciudad objetivo. El camino de grava adelante estaba lleno del aura más oscura que Janet hubiese visto. Era como una niebla negra a lo largo de todo el camino. Todavía no podía ver la entrada de la ciudad.

Michael abrió la capota del auto y parpadeó.

Janet se colocó a su lado para ver en qué estaba fijando la mirada.

El mecanismo interno del auto tenía un agujero del tamaño de un puño grande.

"Ups." Janet dijo. "A la compañía de alquiler no le va a gustar esto."

Michael sacó rápidamente su teléfono celular. Mejor llamar al servicio ahora antes de dirigirnos hacia la ciudad."

Pero antes de que pudiera marcar algún número, una voz vino de atrás. "¿Quién morirá primero? ¿La mujer bonita o el anciano?"

Una delgada mujer rubia con un áspero acento inglés se paró en la entrada hacia Blueball.

Janet dio un paso al frente. "Es mía."

Repitiendo la oración secreta en su corazón, Janet se transformó en un *Caballero Rojo Dorado con Piedras Preciosas de Painitas*, con *Mujer de Fe* escrito en su hombro derecho. Sus sandalias rojas espartanas flameaban mientras corría hacia su adversaria, bloqueando todas las espadas que venían del cielo tratando de golpearla.

"Supongo que serás la primera," dijo la mujer rubia. "Veo que tu nombre es Mujer de Fe. Tu nombre no te ayudará hoy. Yo soy *Iku Zai*, mejor conocida como *Espadas Voladoras*." Le mostró su nivel de fuerza de seis en su brazo izquierdo.

"No puedo decir que es un placer conocerte," dijo Mujer de Fe. "Porque va a ser demasiado corto y dulce. Espadas Voladoras, prepárate para encontrarte con tu creador porque a menos que te rindas ante Él, tus días han terminado."

"¡Ja. Ja. Ja! Antes de que mueras hoy, me encantaría decirte qué es lo que significa mi nombre." Espadas Voladoras rió con un gesto de burla. "Iku significa violenta y Zai significa malvada, siéntete honrada de morir en mis manos."

"¡Tonterías!" Mujer de Fe blandió su espada Chokuto con la mitad de su fuerza y logró rozar el brazo izquierdo de Espadas Voladoras.

"*Astuto* adelántate y encuentra al líder del pueblo, ella es mía," repitió Mujer de Fe con confianza.

Astuto sacudió la cabeza como si no estuviera seguro de que fuera lo correcto. Pero ella insistió y él siguió su camino.

Espadas Voladoras trató de impedir que Astuto se fuese, pero Mujer de Fe bloqueó su ataque. "Mujer violenta y malvada, te lo dije, yo soy tu oponente."

~*~

Espadas Voladoras todavía no estaba utilizando toda su fuerza, estaba probando el nivel de fuerza de su adversaria con el fin de saber qué tan fuerte era Mujer de Fe.

Pero después de ver una gota de su propia sangre, fue vencida por el mal que salía de su maldita espada Japonesa "Muramasa," una espada malvada muy fina, afilada y legendaria.

La pelea fue increíble, y destellaba energía al chocar su Muramasa contra las espadas Chokuto. Ambas guerreras trataron de matarse, sin éxito hasta el momento.

Pero en un sorpresivo movimiento, Mujer de Fe bloqueó uno de los ataques de Espadas Voladoras y al mismo tiempo se las arregló para hacer una profunda cortada en la pierna izquierda de Espadas Voladoras.

Solo una pequeña cortada en lo que concernía a Espadas Voladoras. No dejó que un poco de sangre la detuviera. Además, era una guerrera sedienta de sangre y disfrutaba ver el espeso líquido rojo, incluso si era de ella misma. Había pasado mucho tiempo sin que usara su espada maldita. La batalla le dio energía.

Entonces, una vez más, Mujer de Fe se las arregló para cortar a Espadas Voladoras. Esta vez en su cuello.

A más de dos centímetros de que su garganta fuera rebanada, Espadas Voladoras decidió que había tenido suficiente de cosas pequeñas. Espadas Voladoras gritó el nombre de su demonio. "Ipos."

Ipos. El gran gato negro, con puntiagudos dientes de espadas, ojos esmeralda y musculoso cuerpo se fusionó con Espadas Voladoras, transformándola en un guerrero más fuerte. Con una cara de gato y espadas afiladas como sus dientes, Espadas Voladoras rugió tan fuerte que estaba segura de que los tímpanos de Mujer de Fe se sentirían como si estuvieran a punto de estallar. El mero pensamiento hizo que su sarcástica sonrisa malvada apareciera.

La fusión también transformó la famosa arma de Espadas Voladoras, la espada Muramasa, en lo que parecían diez espadas individuales.

Entonces la recién transformada Espadas Voladoras hizo una malvada sonrisa sarcástica. "Es tiempo de morir."

Blandiendo sus diez espadas, y dando un rugido sobrecogedor, Espadas Voladoras rebanó el brazo izquierdo de Mujer de Fe, haciéndola sangrar increíblemente. Ya no pudo ocultar su nivel de fuerza de siete y apareció en su pecho para que todo el mundo lo viera.

~*~

¿Qué está pasando? Oigo voces que llegan al cielo. ¿Qué es Señor? Mujer de Fe preguntó en su corazón en medio de la batalla.

"Es el grito de mis siervos por todos ustedes, sé valiente y confía en mí. Todavía tengo cinco mil rodillas intercediendo y orando por todos ustedes."

"Usa tu fe y ve con Astuto, deben fusionar sus armas para ganar," el Comandante Élite habló a su corazón, recordándole que estaba con ella hasta el final.

Espadas Voladoras echó una mirada al rango desplegado en el pecho de Mujer de Fe y resplandeció con confianza. "No estás a mi altura." Ella enderezó sus hombros "*Korosu*."

Cuando Mujer de Fe escuchó la palabra en otro idioma, sabía que no era nada bueno. Aunque no entendió, su instinto de supervivencia se activó y corrió hacia Astuto. El Señor había dicho que tenían que estar juntos para ganar esta batalla...y juntos estarían, si podía hacer algo al respecto.

"¡Eh! ¿Qué pasó? ¿Estás huyendo de mí? ¿Tan pronto? No. No. No. No me quitarás la diversión corriendo," dijo Espadas Voladoras.

Pero Mujer de Fe ni siquiera volteó. Su meta era alcanzar a Astuto.

Entonces sintió otra espada apuñalándola. Sintió el golpe en la parte de atrás de su hombro izquierdo.

~*~

Kimura Ichi, mejor conocido como *Espada Maligna* un japonés-americano con una trenzada barba larga gris y blanca y pelo largo desordenado recogido en una cola de caballo que le llegaba hasta la cintura mostró con orgullo su nivel de fuerza de dos.

Sosteniendo su arma secreta envuelta, la Kusanagi, que nadie excepto su dueño había visto, Espada Maligna esperaba en medio de la calle a su nuevo rival.

Pronto vio a un americano de tamaño mediano acercándose a gran velocidad. El hombre vestido como un *Caballero de Piedras Preciosas Rojas Painitas,* con armadura roja cubriendo su cuerpo semejante a la llama de mil fuegos, y con su nombre en el hombro derecho *Astuto.*

Extraño nombre para un guerrero. No suena intimidante para nada. Espada Maligna sonrió burlonamente.

Cruzando de izquierda a derecha y de derecha a izquierda en un patrón de zig zag mientras corría hacia él, el Guerrero de las Piedras Preciosas Rojas desplegó su experticia militar.

Quizás hay más en este tipo que su simple

nombre.

Mientras se acercaba, el *Caballero de Las Piedras Preciosas Rojas Painitas* blandió su arma que previamente había escondido, una Aikuchi Katana, con gran poder, forzando así a Espada Maligna a dar un paso atrás.

"Buen intento." Sin ni siquiera mostrar su espada secreta Kusanagi, Espada Maligna se las arregló para bloquear el ataque controlando el viento.

"Eres un tipo muy fuerte," reconoció Astuto.

"Y tú no eres malo para ser un anciano," respondió Espada Maligna.

"Eres el segundo en nivel de fuerza," dijo Astuto.

"Sí, lo soy. Por suerte para ti, soy un digno oponente. Planea encontrarte con tu muerte hoy. Nadie ha visto mi espada y ha vivido para contarlo." Espada Maligna infló su pecho enfatizando su gran poder y la confianza en la batalla. "No hay tiempo que perder. Necesito acabarte antes de que Espadas Voladoras acabe con tu compañera, que creo que ya casi ha terminado. ¿Estás listo, Anciano?"

~*~

Astuto mostrando respeto a un guerrero muy fuerte se inclinó. "Comencemos."

Cuando Espada Maligna liberó su Kusanagi secreta, El Astuto sintió un poderoso viento que casi lo aventaba y con él vino una gran bola de fuego que se dirigía a consumirlo, pero Astuto pudo esquivar el ataque con poco esfuerzo y dejó que su adversario viera el número dos a la derecha de su pecho.

"Impresionante, Anciano, quién hubiera pensado que estás casi al mismo nivel que yo," dijo Espada Maligna con una sonrisa burlona.

Astuto se encogió de hombros. "Es mi turno ahora. ¿Estás listo?" Y esta vez usó toda su fuerza con su espada Aikuchi encontrándose con la afilada espada de la Kusanagi.

Ambos guerreros volaron por el aire y blandieron sus armas. Con la fuerza poderosa con cada golpe, truenos retumbaron en el cielo de Ohio lo suficientemente fuertes para que todos los otros miembros del equipo los escucharan.

"Astuto," gritó Mujer de Fe.

Astuto se distrajo por un momento y sintió un poderoso golpe en su brazo izquierdo por parte de Espada Maligna. *Mal movimiento.* Su brazo se sentía como si se lo hubieran dislocado.

"¿Qué pasó, Anciano? Bajaste la guardia y perdiste la concentración. Vuelve. No te preocupes por tu compañera. ¿Qué puede hacer con solo un brazo? Está acabada. Pon tu mente de nuevo en la pelea."

Pero las palabras de Espada Maligna fueron

ahogadas por los sonidos de los santos que estaban orando.

"Puedo escucharlos Señor. Puedo escuchar que su clamor llega a tu trono," dijo *Astuto.*

"Sí, mi siervo, son miles orando e intercediendo por mi *Precioso Equipo.*"

~*~

"Fusión," gritó Mujer de Fe.

La alterada Aikuchi Katana forjada a mano de Michael se fusionó con su Chokuto recta de un solo borde. Las armas se encontraron en el aire creando una única Jabalina enorme de plata con su punta en fuego.

Recta y precisa para alcanzar su objetivo, la jabalina se parecía a un enorme pájaro de plata en vuelo con un pico ardiente y ríos de fuego como plumas que iban en la sección media y al final de la cuchilla. Una enorme cadena de metal dorado con espadas en cada eslabón aumentó el poder de ambos guerreros y permitió que el sangrado de Mujer de Fe se hiciera más espeso y se detuviera.

Los guerreros héroes se pusieron espalda con espalda tal como habían aprendido en su entrenamiento y cada uno hizo frente a su adversario.

Cuando Espadas Voladoras fue por su ataque de mil espadas, fue fácilmente bloqueada por la nueva arma de Astuto y Mujer de Fe.

La cadena golpeó el cuello de Espadas Voladoras y la cortó gravemente. Sangre chorreó por su cuerpo.

Con esto, Espada Maligna lanzó su ataque más poderoso con su Kusanagi, aumentando la bola de fuego por mil y controlando los vientos.

Mujer de Fe y Astuto quedaron atrapados en medio del fuego.

Con malvadas sonrisas burlonas en sus rostros, Espadas Voladoras y Espada Maligna obviamente pensaron que la batalla había terminado.

La Jabalina de plata apuñaló a Espadas Voladoras en el cuello, y cuando Mujer de Fe la haló, la cabeza de Ipos rodó por el suelo. Ambos, Espadas Voladoras e Ipos ya no estaban en la batalla, el juego había terminado para ellos.

Cuando Espada Maligna vio esto, se puso furioso y gritó el nombre "*Legión*" fusionándose con el demonio. Espada Maligna ahora tenía una gloriosa corona malvada y brazos más largos, controlando el viento con la fuerza de un tornado.

Espada Maligna entonces dijo "*Aliento de Satán*". El más poderoso tornado que jamás el hombre haya visto se levantó de la tierra con un gran agujero negro en medio, tragándose todo en su camino.

En el centro del tornado estaba Espada

Maligna y apuntó su Kusanagi a ambos oponentes.

Fueron atrapados en el agujero negro y se encontraron luchando en la tormenta del tornado, cuando de las paredes del tornado apareció la poderosa espada Kusanagi en un sonido veloz cortando el brazo derecho de Mujer de Fe.

Cuando Astuto vio esto, se las arregló para alejar a patadas a Mujer de Fe de en medio del tornado y sacarla de la batalla.

Ahora no tenía brazos y ya no podía hacer nada para ayudar físicamente en la batalla. Ella todavía se aferraba a su fe. Todavía tenía sus pies.

~*~

El Pastor Good y su equipo pensaron que habían visto una especie de visión.

Un hermoso equipo de guerreros y ángeles aparecieron ante ellos, combatiendo ferozmente el poder del mal.

El equipo de evangelización no podía entender qué estaban viendo en ese momento, todo lo que podían hacer era interceder y continuar orando.

Quizás alguna vez se enterarían de la interpretación.

~*~

Astuto se enfocó en Espada Maligna.

"Estás acabado," dijo Espada Maligna.

243

"Resígnate. La batalla ha acabado."

Espadas afiladas se arremolinaron dentro de la pared del tornado y un fuego consumidor limitó el poco espacio que quedaba en el centro.

Astuto sintió un dolor punzante en su pierna izquierda y luego el derramamiento de sangre. No tuvo opción y fue por la última técnica de asesinato, una que esperaba nunca usaría. Era tan poderosa que él mismo le tenía miedo. "Espadas relámpago," gritó.

La larga Jabalina de plata con la cadena de espada unida comenzó a girar desde el centro del tornado por todos lados, cortando las paredes del tornado y abriéndose paso a través del mismo.

Entonces una espada doble Aikuchi mucho más grande con flameante fuego blanco apareció del cielo, golpeando a Espada Maligna y paralizando sus dos piernas.

El fiero tornado desapareció y la gran bola de fuego cayó al suelo como cenizas en el suelo.

Mujer de Fe fue gravemente herida, Astuto tenía que sacarla de allí y llevarla con el Emisario.

"Buen toque," dijo Espada Maligna, "pero la batalla no termina hasta que uno de nosotros esté muerto."

"Acabó por ahora," dijo Astuto. "Vive por ahora y muere otro día." Sacó a Mujer de Fe entre sus brazos y corrió.

Cuando llegó a un arroyo que fluía con lentitud se detuvo.

"¿Y el coche?"

"Ruega por un milagro," dijo Michael mientras cuidadosamente colocaba a Mujer de Fe sobre la hierba.

Escarbó lodo de la ribera con sus manos llevándolo hasta Mujer de Fe, y lo compactó en los muñones de sus brazos.

Cuando el sangrado se detuvo, se lavó las manos en el arroyo y después la cargó de nuevo.

"Puedo caminar," dijo ella.

"Estamos un poco apurados," dijo Astuto. "Sigue orando. Voy a tratar de encender el auto."

~*~

El Señor de la Noche vio la torre de Blueball desde su cómodo pedestal en Hell Town. "Al menos con *Espada Maligna* y *Espadas Voladoras* en esta pelea, podemos estar seguros que esta batalla es nuestra."

Momentos después, cuando el sonido de la batalla se terminó, la luz en la Torre Blueball estaba todavía apagada "¿Qué les dije?" dijo *El Señor de la Noche*. "Ganamos."

Con una malvada sonrisa burlona se sirvió un trago, brindó por la victoria en Blueball y se dispuso a observar las batallas restantes.

~*~

De vuelta en la residencia del Emisario, el

equipo comenzó a llegar, *Guerrero y Restauradora, Juez* y *Oráculo, después. Descodificador* y *Políglota.*

El *Emisario* estaba inquieto y con ganas de hablar con el equipo y examinar sus heridas. Sabía que las batallas no fueron fáciles y que algunos de los miembros podían morir o terminar con heridas graves, pero afortunadamente Restauradora fue una de las primeras en llegar y los estaba esperando.

Conforme llegó cada uno, Restauradora colocaba las manos sobre ellos y oraba por ellos y el Señor los sanaba.

Astuto pateó la puerta principal. *Mujer de Fe* yacía inconsciente en sus brazos.

"¿Qué le pasó? ¿De dónde ha salido todo el lodo?"

"Con la ayuda de sus demonios, nuestros enemigos pudieron penetrar su armadura. Tuve que cubrir sus muñones con lodo para evitar que se desangrara camino a casa. ¿Pueden creer que esta valiente mujer quería caminar hasta el auto?"

Erin colocó sus manos sobre Mujer de Fe y oró por ella. Después limpió con agua el lodo y le puso a Janet ropa limpia de Josh.

El sangrado había parado por completo. Los muñones de sus brazos estaban cubiertos de carne. Janet estaba completamente recuperada y sus heridas fueron sanadas. Pero todavía estaba sin brazos.

~*~

"¿Qué quieres decir con que ganamos? Mira hacia allá, imbécil. La luz de la torre del reloj de Blueball está encendida. No hemos ganado, estamos destrozados." Apolión se enfureció y maldijo. "Perdimos Blueball. *Espada Maligna* y *Espadas Voladoras* han perdido la pelea."

"Por lo menos todavía tenemos Slattersville," dijo *El Señor de la Noche*. "Y Moonville no ha caído todavía. Esa pelea será la decisiva."

Capítulo 27

De pie en la parte superior del edificio más alto de Slattersville, el antiguo vigilante de la ciudad esperaba con impaciencia la llegada de más guerreros héroes. El Emisario había sido instruido para que vigilara y nada más. "Ninguna intervención," llegó por orden directa del Comandante Élite.

~*~

Después de parar para arreglar un neumático desinflado, Tadd y Abby estaban de nuevo en camino.

Oráculo reconoció el paisaje que rebasaba el Mustang que iba a toda velocidad.

El *Juez* era un excelente conductor y el auto se aproximó a su objetivo con increíble velocidad.

Slattersville, estratégicamente ubicada al noroeste de Ohio, era el lugar de inicio para esparcir los planes malvados de El *Señor de la Noche*. Y el mal debe ser detenido.

Pero esta vez no había escudo protector de invisibilidad. Esta vez iban a Slattersville con una misión en mente, liberar a la ciudad del mal y traer de nuevo la luz.

"No te he dicho lo agradecido que estoy de que nuestro Comandante Élite me haya permitido ser tu compañero de batalla," dijo Tadd.

Su comentario había emocionado a Abby pero tenía que concentrarse en lo que les esperaba. "¿Quién crees que estará en nuestra contra?"

"Dudo que sea alguien que ya conozca. Los prisioneros que han sido liberados de Slattersville son los que más probablemente sean enviados para gobernar las ciudades más nuevas."

"Bueno, por si acaso que no salga de esto, quiero decirte—"

"¡Ni siquiera lo pienses! Esta batalla es del Señor. Nos dijo que no temiéramos."

"No temo, Tadd. De verdad no tengo miedo. Pero estoy resignada a Su voluntad. Y realmente quiero decirte cuánto me importa—"

"Abby. Debes hacer a un lado tus sentimientos. No puedes distraerte con nada."

Ella se apartó de él.

"Pero después de que este día termine, nos alegraremos." El Juez detuvo el carro a unos 800 metros de la entrada de Sattersville.

"Paseemos por la ciudad y veamos qué pasa," dijo.

Mientras se aproximaban a la calle principal a la ciudad, un hombre sin camisa apareció. No se veía mucho desde esa distancia excepto su largo cabello negro.

El hombre echó una mirada de derecha a izquierda claramente buscando algo o a alguien.

"Oráculo, espero que sea el segundo al mando. Diría que la persona importante de la ciudad está esperando a ver qué pasa antes de involucrarse."

Cuando los dos guerreros estaban a 30 metros de distancia, el hombre reveló su rango de fuerza de diez y levantó una poderosa espada Vikinga Ulfbehrt. Como amenaza apuntó su arma directamente a Oráculo.

"Debes estar en lo correcto," dijo Oráculo. "En nombre del Padre, del Hijo y del Espíritu Santo, transformación."

El *Caballero de Piedras Preciosas de Diamante Púrpura* blandió su espada suiza Katzbalger de brazo lateral y bloqueó el ataque del enemigo sin revelar su nivel de fuerza.

"No tenemos tiempo que perder, Juez. Este es mío," dijo Oráculo. "Date prisa y encuentra al líder."

"Puedo ver que te encargarás de esto." Juez asintió en aprobación. "Te lo dejaré."

Mientras el hombre trataba de impedir que Juez se marchara, una espada de color blanco brillante pasó sobre su cabeza. Se las arregló para esquivar el ataque de Oráculo por un diminuto fragmento de segundo. Pero fue lanzado a más de ciento cincuenta metros por la fuerza del golpe.

"Estoy impresionado," dijo el hombre mientras se levantaba. "Te juzgué mal. Pensé que solamente eras muy bella, pero no tan fuerte. Esperaba un debilucho enclenque. Mi error."

Le hizo una reverencia burlona mientras caminaba hacia ella. "Déjame presentarme. Raff Filtiarn, a tu servicio. Yo soy *Señor de los Lobos.* Amigos y enemigos por igual me llaman Lobo."

Sin prestar la menor atención a sus palabras, Oráculo corrió hacia él y lanzó su golpe.

Lobo voló a casi trescientos metros de distancia esta vez y se raspó su atractiva cara con la grava del camino.

"Debo tomar esto en serio o podría perder con esta hermosa mujer," murmuró Lobo. Se puso de rodillas y luego se levantó. "No me importaría perder con tan bella oponente. ¿Qué tal si me rindo ahora?" La tentó.

"Sería para tu beneficio," dijo ella.

Volvió a reír y corrió hacia ella. "Hora de ser realistas."

Se encogió de hombros con desdén y corrió hacia Lobo con su espada blandiendo.

"*Amaros,*" gritó Lobo como un grito de guerra.

Inmediatamente el demonio gobernante, el

maldito con sus dos pares de ojos penetrantes, un par en el lugar habitual y otro en la parte posterior de su cabeza, se fusionó con su guerrero bárbaro.

El *Lobo* se transformó de un delgado hombre celta a un guerrero robusto y más fuerte guerrero con un nuevo par de ojos en su espalda.

Poder negro radiaba de su recién mejorada espada Ulfbehrt, mostrando ahora la palabra *Amaros* en su cuchilla.

"Qué mal que seas tan débil que no puedas pelear por tu cuenta," dijo Oráculo.

~*~

Alcanzando a su oponente, Juez mostró un número cinco en el lado derecho de su pecho y su nombre de guerrero en su hombro derecho. Mientras levantaba su espada Dao, la espada brillaba en rojo y reflejaba el brillo de aguamarina profunda y de esmeralda. Juez alzó sus brazos y lanzó su primer golpe.

Viper, *La Víbora* sonrió burlona y diabólicamente mostrando sus dientes incisivos similares a colmillos. Revelando un gran número cinco sobre el lado izquierdo de su pecho, contraatacó con su brillante y multicolor espada Joyeuse.

"No tan rápido, rufián," dijo la Víbora mientras bloqueaba el golpe. "Aquí solo estamos calentando."

"No tendrás una pelea lenta y fácil conmigo." Juez se balanceó otra vez y forzó a la víbora a dar un paso atrás.

La Víbora gritó unas palabras en francés "*Mastema, "fusionnez avec moi" fusiónate conmigo."*

"Oh, el pequeño gusano tiene miedo de pelear conmigo por su cuenta," se burló el Juez. "Qué cobarde."

El demonio Mastema se fusionó y Víbora se transformó en una criatura gigante con dos cabezas coronadas. Su cabello se convirtió en miles de serpientes venenosas con un negro veneno líquido chorreando de sus colmillos, derritiendo y consumiendo todo lo que mordían.

El gigante coronado de dos cabezas voló bastante mientras se deslizaba hacia adelante y pronto estuvo lo suficientemente cerca para que sus serpientes mordieran a Juez.

Pero él bloqueó y rebanó a algunas de las serpientes venenosas del cabello. En cuanto tocaban el suelo se derretían en cenizas.

~*~

Lobo lamió la sangre de su cara y lanzó su espada Ulfbehrt poseída por un demonio hacia su oponente.

"Tendrás que hacerlo mejor que eso." Por primera vez, Oráculo mostró el número nueve en el lado derecho de su pecho.

Los ojos de Lobo se abrieron en asombro al ver el rango más fuerte de ella. "*Amaros, sepárate y corta*," gritó.

Mientras todavía estaba en el aire, la espada Ulfbehrt se separó en dos poderosas espadas.

Sin esperar el movimiento, Oráculo solo pudo esquivar una y sintió un dolor punzante en su espalda.

Cayó al suelo. *No vi venir esa. ¿Cómo lo hizo? ¿Quizás con los ojos de detrás de su cabeza?* Sin siquiera haber terminado con sus pensamientos, el siguiente golpe llegó a unos dos centímetros de su cuello.

Usando uno de sus movimientos de karate, Oráculo respondió al ataque con un giro y un golpe poderoso, que Lobo intentó bloquear.

Pero el filo de su espada *suiza Katzbalger* penetró en su pierna derecha.

Lobo se percató de la sangre y respondió con ira. "Hora de acabar esto, mujer, caerás."

Oráculo no se molestó en responder. Se quedó quieta y observó el golpe final de su oponente como en cámara lenta. Con su don espiritual, podía encontrar cada una de las partículas en el planeta. Le dio la espalda al Lobo y lanzó su poderosa espada suiza Katzbalger.

La espada no solo bloqueó el ataque de Lobo, sino que rebanó su brazo izquierdo. "¿Cómo pasó eso?" preguntó *Lobo*. "Ni siquiera me habías enfrentado con tu ataque."

"Permíteme iluminarte antes de que me marche."

"¿Marcharte? Eres tan engreída. ¿Piensas que puedes vencerme?" dijo Lobo.

"Una vez más, permíteme aclarar tu mente. Lobo. Ese es tu nombre, "¿no es así?"

La miró fijamente demasiado enojado para contestarle.

"Cuando me apuñalaste, decidí terminar rápido esta pelea sin sentido. Verás, hay un gran abismo en el poder entre tú y yo. No me gusta que los demás conozcan mi verdadera fuerza. Mi verdadero poder es el de un guerrero número cinco. Deberías sentirte privilegiado, ni siquiera otros guerreros héroes conocen mi verdadera fuerza."

Lobo, el guerrero vikingo, hinchó el pecho. "Mientes, mujer, y es tu perdición."

"Piensa lo que quieras. Siempre puedo ver tus movimientos. No importa lo que hagas, puedo derrotarte sin ni siquiera tener que enfrentarte."

"*Amaros, mata.*" Gritó Lobo.

Pero pronto fue su propia cabeza la que rodaba por el suelo.

Con un solo golpe de Oráculo, la pelea había terminado. Amaros y Lobo fueron derrotados. Y se apresuró a alcanzar al Juez para la verdadera pelea.

~*~

"Necesitamos terminar esto," Oráculo dijo mientras alcanzaba al Juez.

"Estás sangrando," dijo él. "¿Estás bien?"

"Sí, lo estoy. Mi herida es poca cosa."

"Mujer arrogante." Víbora blandió su espada en dirección de Oráculo

Oráculo fácilmente bloqueó su ataque.

"Bien hecho, Oráculo."

"Juez, es tiempo de terminar esto ahora," repitió. "Fusión."

En ese momento, las armas de los héroes se fusionaron, creando una espada Bardiche de doble largo y filo. La nueva arma podía cortar totalmente a través de cualquier cosa. Las espadas curvas brillaban con amatista y oro para desorientar al enemigo mientras se aproximaba.

La fusión de *Juez* y *Oráculo* también duplicaba sus poderes, reduciendo a cero las posibilidades de Víbora de ganar la batalla, pero Oráculo sabía que él no estaba al tanto de esto todavía.

El gigante coronado de dos cabezas lanzó su máximo ataque hacia los dos guerreros, la increíble espada Joyeuse se dirigió a sus adversarios como una lluvia de serpientes.

Pero como antes, Oráculo tuvo la habilidad de ver sus movimientos en cámara lenta y con esta nueva fusión, ella no necesitaba esconder su fuerza, Juez ni siquiera lo notaría.

Juez mató todas las serpientes venenosas con las llamas de su nueva espada Bardiche, calcinándolas antes de que tocaran el suelo.

Mientras tanto, Oráculo bloqueó la espada Joyeuse que se aproximaba lentamente, golpeándola tan fuerte que se rompió en dos partes y cortó una de las cabezas de la víbora gigante.

Oráculo lanzó una mirada a Juez. "La batalla se terminó."

"Corta," dijeron Juez y Oráculo al unísono mientras blandían sus poderosas espadas Bardiche en el aire con una estocada relámpago.

Una espada Bardiche rebanó a la víbora en dos y la otra cortó la cabeza restante.

La oscuridad que cubría a la ciudad finalmente había desaparecido, Slattersville estaba libre del poder del demonio Mastema y el Rey Vívora.

Sin embargo, Oráculo todavía estaba sangrando y los héroes se encaminaron a la residencia del Emisario como previamente se les había instruido.

~*~

Desde lo más alto del edificio, El Emisario observó la pelea completa por Slattersville. *Increíble, que impresionante poder tiene Oráculo.* Luego él también tomó el camino de regreso a su residencia.

~*~

Y en Hell Town, *Apolión* y su contraparte humana *El Señor de la Noche,* observaban las torres de sus ciudades malvadas.

"La torre de vigilancia de Newville ha sido encendida, eso no es buena señal. Indica que mis guerreros han perdido la pelea."

"¿Cómo puede ser? ¿Quiénes son estos guerreros y cómo son tan poderosos que han derrotado a dos de mis mejores guerreros, Sammie y Escorpión Negro?" *El Señor de la Noche* gruñó.

"Ahora hemos perdido a la ciudad de Newville. Esperemos mejores resultados de las otras ciudades."

De pronto, la torre de vigilancia de Slattersville se encendió también.

"Oh, no. El Rey Vívora y Lobo también han sido derrotados."

Un mensajero de Blueball llegó, faltándole el aire. "Mi Señor, nuestros líderes han sido derrotados."

Otro de Knockemstiff dio un informe completo sobre cada uno de los guerreros combatientes, su fuerza y habilidades.

"¿Así que fueron derrotados también?" *El Señor de la Noche* estaba tan enojado que mató a los dos mensajeros por traerle tan malas noticias.

"¿Debemos mover más tropas a nuestra ciudad del sur?" preguntó uno de los demonios en la habitación.

"Es demasiado tarde," respondió *El Señor de la Noche*. "Mi líder más fuerte, con el rango de uno estaba apostado allí. Nadie debería haber sido capaz de derrotarlo."

Respiró profundamente. "Por lo menos, el equipo héroe no conoce nuestra ubicación secreta. No les podemos permitir que descubran mi presencia aquí y pongan en peligro mis planes."

Capítulo 28

Otro grupo de guerreros héroes arribaron a una pequeña ciudad aislada y aparentemente abandonada, en el lado oeste de Ohio. Notaron túneles visibles a la orilla de la ciudad y evidencia de explosiones pasadas.

Cuando se aproximaron a la entrada de la ciudad, vieron un espeluznante cementerio y encontraron un letrero. "*Bienvenidos a Moonville.*" En pequeñas letras, se leía una transcripción adicional, "*Donde la muerte cobra vida y la vida termina en muerte.*"

"Qué espeluznante mensaje," dijo Clarividente. "Toda vida eventualmente termina en muerte. Pero este pueblo parece presumir que la muerte llega más pronto aquí. ¿Crees que este es el verdadero centro de todo el mal en nuestro estado?"

"No parece haber nadie alrededor," dijo Maravilla. "Pero las apariencias pueden ser engañosas."

"¿Quién se atreve a acercarse a mi ciudad? O son muy arrogantes o muy estúpidos para venir aquí."

Maravilla se volteó y miró en dirección al

cementerio. "Muéstrate si tienes las agallas para enfrentarnos."

"¿Estás asustado, muchacho? Deberías." Un Gladiador Romano apareció de entre las negras sombras. El hombre que se levantaba por detrás de una tumba parecía tener un metro ochenta de altura. Su cabeza estaba cubierta con un casco de metal y una mascarilla de bronce con rendijas para los ojos que emitían un destello malvado.

"Soy la Pantera." El Gladiador levantó su espada Crocea Mors lista para cortar y matar. "Bienvenidos a su muerte. Sin embargo, solo combato con hombres y tú pareces un sujeto fuerte. Voy a disfrutar la batalla."

"Hola. Soy Maravilla y es un gran placer ser tu oponente hoy," dijo Chris.

El Gladiador le echó un vistazo a Clarividente. "No peleo con mujeres, a menos que deba. Puedes perder el tiempo mientras remato a tu compañero, pero sugiero que conozcas a mi jefa, estoy seguro que a ella le encantaría pelear contigo."

Asintió con la cabeza en un gesto para que ella siguiera adelante y entrara a la ciudad.

Mientras el Gladiador se concentraba en Clarividente, Maravilla elevó la oración secreta en su corazón y se transformó en un *Caballero de Piedras Preciosas Jeremitas.* Flexionó los hombros enviando destellos brillantes de luz azul y amarilla hacia Pantera.

"Empieza el juego, muchacho," gritó Pantera mientras blandía su *Crocea Mors* y cortaba la mano de Maravilla.

No debí haber estado presumiendo. Es mi propia culpa que me haya agarrado desprevenido

La Pantera sonrió burlonamente. "Mi muerte amarilla te ha cortado. Solo espera, pronto empezarás a perder el sentido."

El gladiador soltó una carcajada mientras arremetía con violencia por el segundo golpe.

Ahora que estaba prestando atención, Maravilla bloqueó sin esfuerzo el ataque con su Sable Suizo.

Como habían sido entrenados, observó la habilidad y el nivel de fuerza de su oponente. Retuvo el uso de toda su fuerza hasta que hubo bloqueado el segundo ataque de Pantera.

Entonces Maravilla estaba en el ataque y envió a Pantera al suelo. "Me pregunto qué tan fuerte eres, amigo. Dame todo lo que tienes."

"Pensé que nunca lo pedirías." Pantera sacó y blandió hasta que su arma, *muerte amarilla*, se dividió en diez dagas venenosas.

Pero Maravilla bloqueó todas las dagas. Cada una. "Vamos. ¿Es todo lo que tienes?"

Pantera desplegó su nivel de fuerza número nueve en el lado izquierdo de su pecho.

"Qué triste. Esperaba una pelea gloriosa," dijo Maravilla mientras desplegaba el número seis en el lado derecho de su pecho.

"Eres muy engreído, muchacho. No has visto nada todavía," gruñó Pantera. "*Asmodee*," dijo en voz alta el nombre de su demonio.

La mariposa nocturna gigante con ojos brillantes y su boca llena de afilados dientes puntiagudos abrió las alas café mate extendiéndolas hasta el horizonte y se fusionó con Pantera.

La recién transformada Pantera ahora parecía un gladiador gigante con la cara de una pantera negra con los dientes afilados como espadas. Las gigantescas alas de la mariposa irradiaban un aroma venenoso que se esparcía por el aire.

"Eres mío, muchacho." El gladiador gigante lanzó su máximo ataque con su Crocea Mors, teniendo ahora cientos de espadas que salían de sus dientes y que volaban por el cielo para cubrir a Maravilla con las mortales alas del terror.

Maravilla fue atrapado y envuelto en las alas de su rival, mientras cientos de espadas golpeaban su cuerpo.

"Mira toda la sangre en el suelo," Pantera chilló un grito de victoria. "Gané."

Pero Maravilla no se había rendido. La mariposa nocturna no lo había ahogado, ni las espadas lo habían matado. "Corta," mandó.

Su Sable Suizo penetró las alas de la fusión de Mariposa Nocturna y Pantera.

Las alas se desprendieron y Maravilla quedó expuesto. Estaba cubierto de sangre y luchaba por respirar.

"¡Ah! Pronto terminaré esto," dijo en voz alta Pantera.

"Mírate," dijo Maravilla mientras retrocedía unos pasos. "Date cuenta de donde vino el charco de sangre a tus pies."

La Pantera miró hacia abajo y vio los ríos de sangre. Le dio a Maravilla una mirada desconcertada. "¿Tú mismo te regeneraste?

Maravilla meneó la cabeza. "No estás a mi altura."

Pantera trató de levantar su pie y avanzar, pero solo cayó al suelo mientras Maravilla se marchaba.

Pantera y Asmodee fueron derrotados y la luz penetró en el cementerio.

~*~

Clarividente se aproximó a una mujer extremadamente bella de pelo corto y ojos verdes profundos.

"Soy *Pat Williams,* mejor conocida como *Pitón.* ¿Quién eres y por qué vienes a mi ciudad?"

"¿Tu ciudad? No por mucho tiempo," dijo Clarividente. "Yo soy Sandra, pero puedes llamarme *Clarividente."*

Se transformó en ese mismo instante en *Caballero de Piedras Preciosas Jeremitas Rosa.*

Entonces Pitón mostró su nivel de fuerza de cuatro y se dirigió a su oponente con toda su fuerza. Los golpes pegaron tan fuerte, su ensangrentada espada Yamashita desplegó rayos de fuego que salieron de las dos espadas cuando se encontraron.

Clarividente bloqueó el ataque y respondió golpeando tan fuerte como pudo. Clarividente se las arregló para cortar el ya corto pelo de Pitón.

"No pensé que necesitara un corte de cabello," dijo Pitón. "Debes ser de rango superior para acercarte tanto a mí."

Clarividente reveló su rango de número cuatro en el lado derecho de su pecho.

Los ojos verdes de Pitón se abrieron en asombro y dijo en voz alta el nombre de su demonio "Samael."

"Qué cobarde." Clarividente meneó su cabeza mientras presenciaba la fusión.

La espada de Yamashita con el mango de la negra serpiente rey y una cara de Pitón Negra con afilados dientes venenosos se fusionó con su demonio, la nueva Pitón se convirtió en un guerrero mucho más fuerte que un guerrero de nivel cuatro.

Orgullosamente blandió su nueva espada de serpiente con toda su fuerza y se las arregló para cortar a Clarividente en el brazo izquierdo.

Gravemente herida, sin tiempo que perder, Clarividente trató de esquivar el segundo golpe.

Pitón mordió a Clarividente en la espalda con sus ponzoñosos dientes.

"Te tengo," dijo Pitón y retrocedió para un golpe aún más fuerte. "Prepárate para *el corte de la pitón.*"

Aunque Clarividente estaba esperando la cabeza de la víbora y trató de esquivarla, la nueva espada de víbora golpeó su pierna derecha.

Clarividente cayó sobre el suelo sangrando. El veneno era tan fuerte que Clarividente comenzó a perder la conciencia, cuando sintió otro golpe en su pierna derecha.

El indescriptible dolor revivió sus sentidos y entonces se dio cuenta que ya no tenía su pierna derecha.

"Muere," chilló Pitón.

Justo a tiempo Maravilla bloqueó el ataque con su Sable Suizo. "Fusión," dijo.

Su arma se fusionó con la de Clarividente y crearon un hacha voladora larga y ancha con una espada de doble filo en un largo poste con una cadena plateada sujetada.

La nueva arma parecía una gran constelación en movimiento giratorio y en alturas variables, rondando entre los héroes y Pitón.

Después Maravilla tocó el cuerpo de Clarividente, sus heridas fueron sanadas y su pierna fue milagrosamente restaurada.

"¿Qué clase de magia es ésta?" preguntó Pitón.

"No es magia en absoluto, solo el don de milagros del Espíritu obrando a través de mí. Pero bastante charla," dijo Maravilla. "Es tiempo de que el mal en esta ciudad muera."

Aventó el hacha voladora en el aire, pero Pitón se las arregló para esquivar el golpe.

"Fallaste," dijo entre dientes.

"Corta," gritó Clarividente mientras halaba la cadena de plata.

El arma regresó cortando a Pitón en su pierna izquierda.

Maravilla blandió el hacha una vez más, y esta vez, haló las cadenas al mismo tiempo. La poderosa hacha voló pasando a Pitón en un movimiento giratorio y regresó con poder como una enorme constelación y penetró el brazo derecho de Pitón.

"Corte Maldito," gritó Pitón. Su espada de víbora voló por el aire. Sus afilados dientes volaron de su boca y se dirigieron hacia los héroes.

El par de guerreros esquivó todas las cuchillas afiladas así como la espada.

Clarividente vio que la oscuridad cubría el cielo y aventó la cadena de plata a los cielos, donde el arma se encontró con la espada de la víbora de Pitón.

La espada de víbora cortó la cadena de plata. Clarividente se quedó sin aliento.

Pero Maravilla ya había halado de regreso la cadena antes de que la espada de la víbora la cortara. El impulso del arma ya había cambiado. El hacha voladora aplastó la cabeza de Pitón. Y la batalla se terminó.

La cabeza del *demonio* de *Pitón* estaba ahora en el suelo y la oscuridad desapareció de Moonville.

Toda el área se llenó con la luz gloriosa de Dios.

~*~

Una voz increíblemente fuerte retumbó desde un lugar desconocido. *"No se ha terminado todavía."*

Relámpagos destellaron y truenos retumbaron en el cielo antes de que toda el área de Hell Town cayera en la oscuridad.

El Señor de la Noche y su amo Apolión estaban ahora asustados y empezaron a prepararse para su siguiente movimiento, agradecidos de que los guerreros héroes no conocían todavía su ubicación.

~*~

Luego de su increíble derrota en Blueball, Espada Maligna se retiró al cuartel general para encontrarse con su audaz líder, *El Señor de la Noche.* Necesitaba sanar y dar cuenta de su fracaso.

Solo esperaba vivir la inquisición venidera.

Capítulo 29

Después de que todos los guerreros victoriosos pero heridos regresaron a la residencia del Emisario, Erin colocó sus manos sobre cada uno de ellos para sanarlos.

A la mañana siguiente Janet no se resignaba a quedar sin brazos. "Yo soy Mujer de Fe. Y estoy orando para que mis manos y brazos sean restaurados. Tengo fe en un milagro."

Entonces Maravilla extendió su mano y sus dos brazos crecieron una vez más. Mujer de Fe sujetó las manos de Chris. "Desde que Dios arregló el agujero en nuestro Mustang, supe que me devolvería mis armas de combate." Su voz estaba llena de felicidad.

"Dígannos qué le paso a su auto," dijo Chris.

Por turnos, Janet y Michael contaron su experiencia en Blueball.

Cuando terminaron, Chris le echó una mirada a Erin.

"Pienso que es tiempo de que Maravilla y Restauradora formen equipo y arreglen los cinco Mustangs. Como embajadores de Dios, debemos devolverlos a la arrendadora de coches en mejor estado del que los recibimos."

Erin sonrió. "Okey todos. Vamos a hacer esto bien. Salgan y levanten sus voces en alabanza al Padre mientras Maravilla y yo ponemos las manos sobre los autos."

Luego de la bendición de los autos, el equipo retornó al gran salón y compartieron sus historias de batalla y lo que habían aprendido de ellas.

Con cada historia Michael o alababa o daba consejo sobre técnicas de batalla.

"Es obvio que todavía tenemos negocios inconclusos," dijo Big Jax. Solo llevarán a Kimura Ichi al brujo y tratarán de volver a poner a Blueball en el negocio."

"Estás en lo correcto." Asintió Anthony estando de acuerdo. "Esta batalla todavía no ha terminado. Nuestro Comandante Élite reveló que la persona al mando no es otra que *El Señor de la Noche*. Él es la cabeza de todas las operaciones malignas en Ohio, pero ni siquiera sus subordinados lo han visto."

"Por supuesto, nuestro Comandante Élite conoce el nombre real de El Señor de la Noche," dijo El Emisario. "Mientras esperamos por Su guía, oremos, estudiemos y adoremos."

Anthony sostuvo en alto sus manos. "Hagamos una oración en grupo ahora mismo."

Uno por uno cada uno de los miembros del equipo clamó a Dios en alabanza y acción de gracias y dedicaron su lealtad a cualquier cosa que todavía se encontrara delante de ellos. El Emisario terminó con una bendición para los héroes.

"Pueden regresar ahora a sus respectivas familias y trabajos. No olviden practicar su entrenamiento y repasar lo que aprendimos ayer en la batalla. Nos encontraremos de nuevo aquí en mi casa dentro de un mes."

Josh golpeó a Big Jax en sus abultados bíceps. "Eh, muchachote. Creo que es tiempo para que tú y yo encontremos trabajos honestos."

Big Jax frunció el ceño. "¿No recuerdas el trato que hicimos cuando nos mudamos aquí?"

"¿De qué estás hablando?"

"Daniel dijo que hasta que nuestra situación sea limpiada en su totalidad, nos daría casa y comida a cambio de ayudarlo a mantener este lugar."

"Cierto." Josh se encogió de hombros. "Pero no podemos seguir abusando de él."

"Lo siento," Daniel miró a sus dos huéspedes con ojos tristes. "Debí haberles ofrecido pagarles algo también."

"No es eso—" Josh estaba mortificado que Daniel pensara que estaba pidiendo más.

~*~

Esa tarde, en New Hope Trinity Church, Janet tocó el órgano como nunca antes lo había tocado. Sus manos restauradas por Dios volaron a través de las teclas llenas del poder del Espíritu. La música sanadora penetró el santuario.

El Reverendo Robert Milton clavó los ojos en ella, lo que podríamos llamar un aturdimiento completo. Las comisuras de su boca se levantaron en una sonrisa satisfecha.

Sin embargo, la oscuridad y la influencia del demonio todavía eran evidentes.

Los músculos de los otros héroes automáticamente se tensaron. Se estaban preparando para la acción tan pronto como se enteraran de las palabras del Señor. Seguramente tras haber limpiado las cinco ciudades malditas, podían esperar que la paz reinara en la iglesia madre.

"Manténgase firmes. Es tiempo de enfrentar al Reverendo Milton y Beth Cooper. Es tiempo de liberar a mi pueblo de la influencia de *Succumbus* y *Perdix*. Oráculo está a cargo de esta batalla," habló el Comandante Élite a cada uno de sus corazones.

Cuando el servicio se terminó y los miembros de la congregación charlaron entre sí, el equipo tuvo una reunión improvisada.

"Juez, por favor dile al Reverendo Milton que necesitamos hablar con él cuando todos los demás se hayan ido," dijo Oráculo.

Maravilla volteó la cabeza de lado a lado mientras revisaba el santuario. "¿Dónde está Beth?"

Oráculo miró alrededor. "Ya ha salido del edificio."

"Iré a buscarla." Maravilla rápidamente salió del santuario.

Entonces Oráculo extendió sus manos a los demás. "Tomémonos de las manos y hagamos una rápida oración en silencio mientras los otros miembros de nuestra congregación toman su tiempo para compartir antes de irse del santuario."

Cuando los héroes terminaron y alzaron sus cabezas, el Reverendo Milton estaba parado al lado de ellos.

"Aquí estoy," dijo él, mirando solo a Janet. "No puedo recordar que tu interpretación de órgano haya sido más hermosa o más poderosa."

"Gracias, señor. Pero tenemos algo más serio que discutir con usted." Mujer de Fe asintió a Oráculo.

"Está bien, Abby, ¿cómo puedo ayudarte?"

Robert Milton, sabemos de tu aventura y tu comportamiento lascivo."

La cara del Reverendo Milton se llenó de ira. "¿Cómo te atreves a acusarme?"

"Nos atrevemos porque has traicionado la confianza que el Señor colocó en ti al dejar que seas nuestro reverendo."

Los ojos de Robert se abrieron en asombro.

"Además, has dañado la reputación de la iglesia de Cristo. Has lastimado a todo el cuerpo de Cristo."

"Regresé," dijo Maravilla. Tenía bien controlada a Beth quien parecía lista para echarse a correr en cualquier momento.

Estaba rodeada de oscuridad y cuando llegó al Reverendo Milton la poderosa presencia demoníaca dominó a Robert y cayó al suelo en un desmayo total.

El demonio se presentó como un lobo de cuatro cabezas y se abalanzó hacia Oráculo.

"En el nombre del Padre, del Hijo y del Espíritu Santo, transformación."

Su espada suiza Katzbalger golpeó al lobo de las cuatro cabezas, rebanando una por el cuello. La cabeza inmediatamente cayó al suelo y se desintegró.

"No ganarás." El demonio adoptó su forma de tornado giratorio. Los bancos de la iglesia se levantaron en el aire y volaron por los vitrales. Los dientes de una de las tres cabezas restantes chocaron contra Oráculo.

Después una pequeña criatura como duende saltó sobre Oráculo y empezó a envolverla en cadenas negras malvadas.

Sin embargo, Maravilla la estaba apoyando y

rebanó la cabeza de la criatura duende con su espada Sable Suizo. Las llamas se alzaron para consumir a Perdix y el pequeño demonio fue desterrado de New Hope Trinity Church.

Libre del pequeño demonio, Oráculo lanzó otro golpe a Succumbus y rebanó la criatura lobo en pedazos.

La imagen de los pedazos cortados de la criatura lobo se desvaneció como el polvo.

Robert revivió y se incorporó. Recorrió con la mirada el santuario arruinado. "¿Qué pasó?"

"Este es el resultado del pecado," dijo Oráculo.

Como si estuviera en una película, el Comandante Élite permitió la repetición de la batalla. Ambos, Robert y Beth, vieron a los héroes en sus gloriosas armaduras.

"¿Eso—esas horribles criaturas me estaban controlando?"

Oráculo asintió. "Supongo que este no es el aspecto que te mostraron."

Para este momento, los héroes habían retornado a su apariencia normal.

Robert se relajó. "¿Realmente se han ido ahora?"

"Ahora es el momento clave." Abby se sentó en el suelo al lado de Robert y tomó su mano. "Lucas 11 dice: " Cuando el espíritu inmundo sale del hombre, anda por lugares secos, buscando reposo; y no hallándolo, dice: Volveré a mi casa de donde salí. Y cuando llega, la halla barrida y adornada. Entonces va, y toma otros siete espíritus peores que él; y entrados, moran allí; y el postrer estado de aquel hombre viene a ser peor que el primero."

Robert se puso pálido. "Entonces, ¿qué debo hacer?"

"Lucas no nos deja ahí. Más adelante en el capítulo aprendemos más. El versículo 28 dice, 'Antes bienaventurados los que oyen la palabra de Dios, y la guardan'. Verás, es cuando el demonio regresa y encuentra una casa vacía, sabe que puede volver. Debemos mantener nuestros corazones y mentes llenos de Dios."

"Eso quiero."

"Jesús nos llena de luz. Y los demonios no pueden soportar la luz."

"Solía caminar con Dios. ¿Crees que alguna vez me perdonará?"

"Por supuesto. Él ha estado esperando por un momento como éste." Abby les indicó a los otros que se acercaran y posaron sus manos sobre Robert.

"Pensé que era un sueño, pero era real, ¿no es así? Todas esas cosas que he sufrido eran reales." Las lágrimas corrieron por el rostro de Beth Cooper. "¿Pueden orar por mí también? Quiero que Robert y yo hagamos lo correcto. He querido que se case conmigo desde hace mucho tiempo."

Robert torpemente se puso de pie. "Beth, siento haberte utilizado tan cruelmente."

La esperanza llenó su rostro.

"Cuando me di cuenta que lo que sentía por ti no era amor, tuve miedo de terminarlo."

"¿Qué estás diciendo? ¿Cómo puedes decirme eso después de que me aseguraste una y otra vez que me amabas?"

"Pero Beth, no puedes realmente pensar que estábamos enamorados. No cuando invitaste a Nina para que se nos uniera esa noche. Allí es cuando lo supe con seguridad." Robert extendió sus manos hacia ella. "Pero siento todo el dolor que te he causado. Lo siento mucho."

"Tú. ¡Bastardo!" Beth cacheteó a Robert tan fuerte que las marcas rojas se quedaron mientras salía corriendo del santuario.

"Lo ven," dijo el Comandante Élite en voz alta para que incluso Robert pudiera oír. "Nuestro trabajo está lejos de haber terminado. En esta iglesia mi trabajo de redención solo ha empezado."

~*~

Al principio, Janet no reconoció el número telefónico que apareció en su celular. "Eh, ese es el código de área de Nueva York."

Ella aceptó la llamada y colocó el celular en su oreja. "Janet al habla."

"Hola Janet, encantado de finalmente conseguirte, Pastor Good en la línea."

"Es bueno oír su voz Pastor Good. Lo he

extrañado y a nuestra familia de la iglesia en Nueva York."

"Y nosotros te hemos extrañado a ti. De hecho, es por eso que estoy llamando."

"Lo siento. Qué maleducada. ¿Cómo puedo ayudarle, querido Pastor?"

"Ese es el dilema en el que me encuentro. Porque sinceramente no tengo la más mínima idea."

"Intrigante. ¿Hacemos una lluvia de ideas entonces?"

"He extrañado nuestras sesiones de lluvias de ideas. Pero de todos modos aquí está la situación. He sido instruido por el Señor de tomar nuestro equipo de evangelización, a todos los veinte miembros, y dirigirnos hacia donde te encuentras."

"¿En serio? Qué bien."

"De hecho, vamos en camino mientras hablamos."

"No puedo esperar que los demás sepan de esto." Janet saltó como una niña de la emoción.

"Siento no haberme comunicado contigo antes. No fue por no intentarlo."

"Si. Lo siento por eso. Hemos estado bastante ocupados. No creo que nadie en el equipo haya estado disponible por un tiempo. Pero estas son grandes noticias. De verdad."

"La cuestión es que no podía esperar hasta que

respondieras. Me han dicho que conduzca hasta Ohio, y estoy guiando otras dos vans."

"Grandioso. No puedo esperar a verlos."

"Eso es bueno. Porque llegaremos a Clanston en menos de veinte minutos."

"¡Hurra!" Janet gritó la exclamación favorita de su joven sobrino.

"Ahora me está haciendo pensar en Ben." El Pastor Good soltó una risita.

Cuando se hubo calmado, Janet dio instrucciones específicas sobre cómo llegar a la residencia de Michael Reeves. "La mayoría de nosotros estamos aquí, bueno, algo así como una celebración de victoria."

Janet colgó y giró para hacer mirar a los demás.

"Escuchen, chicos. Probablemente tengan entendido que ese fue el Pastor Good al teléfono. Pero lo que no saben es que todo el equipo de evangelización viene en camino desde Nueva York y estará aquí en unos veinte minutos. Estoy tan emocionada."

"Eso es sorprendente," dijo Abby.

"Estaba esperando algo como esto," dijo Anthony. "El Comandante Élite me habló la otra noche sobre un equipo muy especial que venía a trabajar con nosotros. Pero seguro que no estaba esperando que fueran nuestros amigos de Nueva York."

"¿Te dijo cuáles son sus planes para el equipo de evangelización?" Preguntó Janet.

"Se dan cuenta de que no son guerreros como nosotros." Anthony dejó que sus ojos vagaran por el grupo. "Pero el Señor sin duda tiene una tarea importante para ellos. Las ciudades han sido liberadas del poder del mal, incluso los dirigentes malignos han sido liberados, todavía no están conscientes de ello, pero deben escuchar la Palabra para llenar sus corazones con luz o temo lo peor. Ahora debemos convocar al Emisario y a los otros miembros del equipo.

"Amen," dijo Abby. "Yo haré las llamadas."

Janet se dirigió a la cocina para encontrar a Deborah.

Siempre feliz de servir a más huéspedes, Deborah estaba ya preparando una fiesta muy rápida y fácil. "Sabes que estarán hambrientos después de tan largo viaje."

"Después de diez horas de viaje puedes contar con eso. Y, por supuesto, el resto de nosotros también tiene hambre," dijo Janet. "Dame una tarea. Estoy segura que Abby se nos unirá tan pronto suelte el teléfono."

Veinticinco minutos después, el grupo de Nueva York llegó a la casa de Michael. Treinta y cinco minutos después, Daniel Samuels, Josh y Big Jax se unieron a la reunión.

Se compartieron presentaciones e

información general entre todos ellos. Y luego comenzó una reunión improvisada.

Los guerreros héroes dieron información de sus tareas y de las recientes batallas con las fuerzas del mal, sin dar todos los detalles, por supuesto, pero más que un bosquejo general de lo que pasó.

Cuando terminaron, El Emisario se levantó. "Alabado sea el Señor de que estas cinco ciudades están libres de las fuerzas del mal."

El Pastor Good sonrió y asintió, "Ahora entiendo por qué hemos sido enviados aquí."

"Antes de empezar las batallas, el Comandante Élite dijo que tenía planes especiales para estas ciudades. Ahora que estos evangelistas han llegado desde Nueva York, las cosas están tomando su lugar. El Señor quiere que se predique la Buena Nueva de Cristo Jesús a las cinco ciudades.

"Sí," dijo Abby. "Las ciudades necesitan ser llenas de luz o la oscuridad regresará y los reclamará de nuevo."

"Fui instruido por el Espíritu Santo de que hay seis ciudades específicas para cubrir, y eventualmente todo el estado de Ohio," dijo el Pastor Good.

Los guerreros héroes se miraron unos a otros. Entonces Anthony abrió su boca para hablar. "Por ahora solo sabemos sobre cinco ciudades.

Estamos esperando escuchar más del Señor."

"¿Cuánto tiempo estarán aquí?" preguntó Becky. "¿Han hecho los preparativos para quedarse en un lugar?"

"A decir verdad, estábamos apurados por salir a la carretera," dijo el Pastor Good. "Sé que debimos haber planeado por adelantado, pero no hemos hecho ningún preparativo hasta ahora."

Le guiñó un ojo a Janet. "Por supuesto, traté de llamar."

"Siento mucho no haber estado disponible," dijo Janet.

"No hay problema. Pero sería bueno si ustedes chicos nos pueden mostrar un hotel cercano donde nos podamos acomodar para nuestra primera semana, mientras descubrimos más acerca de las ciudades y sitios donde predicaremos la Buena Nueva."

Deborah le asintió con la cabeza a Michael y él le guiñó un ojo a ella.

"Tenemos algunas habitaciones aquí en donde algunos de los evangelistas se pueden quedar. Estaríamos un poco apretados, pero sería nuestro honor hospedarlos aquí."

"Yo también tengo espacio para los hermanos restantes en mi residencia en Slattersville," dijo Daniel. "Esa es una de las ciudades donde estarán predicando."

"Alabado sea el Señor." El Pastor Good sonrió

de oreja a oreja. "¿No es maravilloso como Él provee todas nuestras necesidades?"

El equipo de evangelización se dividió en cinco grupos de cuatro acompañados por dos guerreros en cada grupo. Los mismos que habían derrotado a las fuerzas del mal en cada ciudad.

"Me mantendré en contacto con todos los grupos y los guiaré," dijo el Pastor Good.

Ahora que todos conocían su misión, la reunión terminó con alabanza y adoración.

Catorce de los evangelistas fueron al lugar del Emisario y los restantes siete, incluido el Pastor Good, se quedaron en el lugar de Michael.

Capítulo 30

Un mes había pasado y *El Señor de la Noche* arrojó con furia pintura negra en las ventanas restantes de los edificios de Hell Town.

No solo había perdido las cinco ciudades, sino que los entrometidos de Nueva York las habían tomado.

El Señor de la Noche había tratado de reclutar nuevos seguidores, pero ni siquiera podía acercarse a esas ciudades.

Desde el amanecer hasta el anochecer los usurpadores habían reparado y limpiado los viejos edificios. Salpicándolos finalmente con pintura colorida.

Ahora las ciudades están asquerosamente brillantes, iluminadas y acogedoras. La predicación y el canto de los himnos saludaban a las familias que regresaban.

Rechinaron sus dientes. Sus antiguas ciudades estaban ahora protegidas por las fuerzas de la luz. Repelían la oscuridad de ellas.

Las fuerzas del demonio no podían soportar la luz. Algo había que hacer al respecto.

~*~

A media noche, palabras llegaron a cada uno

de los guerreros héroes. "Prepárense para la peor batalla de la historia. Todos en el equipo deben ir."

El Emisario despertó de un profundo sueño. "Enfrentarán a su peor enemigo, prepárense para pelear con el equipo," dijo el Comandante Élite.

Las llamadas telefónicas fueron a toda velocidad en las terminales inalámbricas de un miembro del equipo a otro. Estaban todos despiertos y alertas sabiendo que una fiera batalla se acercaba, más no sabían cuándo ni dónde.

Cada uno esperaba que algún otro en el equipo tuviera más información.

Con una llamada del Emisario, se programó una reunión para la siguiente mañana en la mansión.

~*~

Eran las 9:00 en punto de una hermosa mañana de primavera en mayo, cuando diecinueve personas de Clanston descendieron a la mansión del Emisario.

El Pastor Good y los otros seis evangelistas de Nueva York que se quedaban donde Michael, así como Deborah, Becky, Ben y Robert Milton, junto a los guerreros héroes se habían amontonado en tres vehículos.

"Bienvenidos a mi humilde morada." El Emisario se encontró con ellos en el porche de enfrente.

"Esperaba poder llegar aquí antes," dijo el Pastor Good mientras entraba en el porche de enfrente. "Quería repasar algunas cosas con los equipos de evangelización antes de salir esta mañana."

"¿Le importaría suspender la evangelización hoy y pedirle a sus equipos de adoración que se queden aquí?"

"Si eso le es de ayuda. Nosotros haremos todo lo que usted necesite que hagamos."

"Maravilloso," dijo El Emisario. "Necesitamos sus oraciones hoy más que nada."

"Es un honor ser parte de este trabajo celestial. Vayan y hagan lo que se les ha confiado hacer. Nosotros nos quedaremos y formaremos una cadena de oración por ustedes, no solo aquí con el pequeño grupo de creyentes en nuestras ciudades recién restauradas, sino que también llamaremos a todos los miembros en Nueva York."

Los ojos del Reverendo Robert se iluminaron con agradecimiento. "Alabado sea el Señor. Ésa es una idea espectacular. Las familias de los guerreros también pueden llamar a los fieles desde Clanston."

Como El Emisario lo había solicitado, los que no eran guerreros héroes, excepto por el Pastor Good, entraron a la mansión mientras los guerreros héroes celebraban su reunión afuera.

El Pastor Good finalmente entendió por quién él y su equipo estaban orando desde hacía un mes atrás, y quién era ese "Equipo Precioso."

Cada uno de los equipos de oración llamó a familiares, amigos y a cualquier pastor con el que tuvieran contacto y solicitaron un tiempo especial de oración a lo largo de este día.

Sus contactos llamaron a otros contactos y para cuando los guerreros se fueron, miles de personas estaban de rodillas orando. Tal es la fidelidad de los creyentes que estuvieron dispuestos a orar por este equipo que para la mayoría de ellos era desconocido.

~*~

Antes de partir a la batalla, una reunión comenzó en el lugar de entrenamiento, afuera.

Todos los guerreros se transformaron en Héroes Brillantes de Piedras Preciosas.

El *Caballero de la Piedra Preciosa Granate Negro* mostraba Guerrero en su brazo derecho. El miembro del equipo con el que hacía juego mostraba su nombre de Restauradora.

Anthony tomó la mano a Erin y la sostuvo en alto. "El grupo número uno de guerreros héroes está listo."

Los Caballeros de la Piedra Preciosa Musgravita Azul mostraban Descodificador y Políglota.

"El grupo número dos de guerreros héroes está listo." La voz de Big Jax resonó.

Los Caballeros de la Piedra Preciosa Painita Roja mostraron sus nombres de Astuto y Mujer de Fe.

Michael inclinó la cabeza. "El grupo número tres de guerreros héroes está listo."

Los Caballeros de la Piedra Preciosa Berilo rojo mostraban los nombres Juez y Oráculo.

Siguiendo el liderazgo de Anthony, Tadd sostuvo en alto la mano de Abby. "El grupo número cuatro de guerreros héroes está listo." *Los Caballeros de la Piedra Preciosa Jeremejevita Rosa* mostraban sus nombres de Clarividente y Maravilla.

"El grupo número cinco de guerreros héroes está listo," dijo Sandra.

El *Emisario* también apareció con su armadura completa. "El Comandante Élite me ha llamado también a la batalla este día."

El Pastor Good alzó su mano. "Alabado sea el Señor por darme la oportunidad de ver Su grandioso poder a través de sus siervos."

Entonces, el Comandante Élite habló al equipo en voz alta, "Hell Town es su destino. Encontrarán al máximo líder malvado allí. Prepárense para la batalla. Esto no será fácil, pero estaré con ustedes en cada paso del camino."

"*El Señor de la Noche* está en Hell Town," dijo Descodificador.

Anthony miró a Big Jax. "¿Dónde se localiza Hell Town?"

"He escuchado rumores acerca de ella hace mucho tiempo. De acuerdo con las historias, Hell Town está en una ubicación escondida, justo en el centro de Ohio," dijo Daniel.

"Sí." El Comandante Élite habló en voz alta. "Ésta es la máxima ubicación para controlar todas las operaciones y las otras cinco ciudades. "Como no es visible para los ojos humanos, Yo los guiaré hasta allí."

Capítulo 31

La nube blanca guió al Emisario, quien a su vez condujo a los guerreros héroes justo al centro del mal puro donde Apolión reinaba junto *con El Señor de la Noche.*

Era solo un poco antes del mediodía cuando el equipo llegó a Hell Town. Pero con la oscuridad que cubría la ciudad, parecía ser medianoche.

Los once guerreros se transformaron para la batalla.

Un hombre enmascarado vestido con cuero negro y botas de acero esperaba impacientemente ante un trono a la entrada de Hell Town. Levantó sus brazos poderosos y seis pares de alas coriáceas se traslapaban sobre su cabeza y hasta sus pies. Su bronceado dorado era el fondo perfecto para la sonrisa que revelaba exquisitos dientes blancos.

La máscara negra fue el indicativo que reveló que *El Señor de la Noche* se había fusionado con el mismo *Apolión* y todavía estaba protegiendo su identidad humana.

Su segundo al mando estaba parado a su lado. Kimura Ichi, un guerrero de rango número dos, mejor conocido como Espada Maligna.

Con su voz maligna de perfecto tono, dijo *El Señor de la Noche*, "Bienvenidos a su aniquilación, desgraciados."

Él se volvió hacia Espada Maligna. "Terminemos con esta tontería. Exterminémoslos. Hasta el último de ellos."

"Este es mío." Astuto corrió hacia su antiguo rival Espada Maligna. "Tenemos asuntos pendientes."

Con un solo golpe del arma de Espada Maligna, Astuto fue lanzado al suelo. "Tonto estúpido. Ya no eres rival para mí. Ninguno de ustedes lo es."

"Extraño," dijo Guerrero. "Seguro que no te ves muy fuerte."

"Ah." Espada Maligna escupió en el suelo. "Lucharé contra todos de una vez."

"Vayan," dijo El Emisario, dando la señal a los guerreros héroes.

"Tú no, Emisario." *El Señor de la Noche* levantó su puño. "Eres mío."

Dos batallas comenzaron. Los diez guerreros héroes se enfrentaron a Espada Maligna y levantaron sus armas.

Entonces El Emisario se transformó de su forma normal de guerrero a su transformación de *Caballero de la Piedra Preciosa Podretteite Azul y Rosa* Por primera vez mostraba su nivel de fuerza cero en el lado derecho de su pecho.

Sosteniendo su Espada del Cielo de los Caballeros de Plata llamada *Lluvia Celestial,* el Emisario marchó hacia *El Señor de la Noche*, el malvado líder detrás de la máscara.

"Bien hecho, Emisario," los guerreros héroes gritaron al unísono.

"No se distraigan," dijo el Emisario sin voltear la cabeza.

Sabía que este no era un juego. No tuvo tiempo para medir la fuerza de su enemigo, no tuvo tiempo para analizar. Tenía que usar todo su poder desde el principio.

Levantando su poderosa espada, dijo *"Lluvia Celestial."*

Miles de espadas cayeron del cielo como relámpagos y cegaron a cualquiera en su camino. Atacaron como un torpedo a súper velocidad, dirigidas a acuchillar y cortar a su adversario.

El Señor de la Noche bloqueó el poderoso ataque simplemente abriendo sus poderosos brazos y los seis pares de alas coriáceas se convirtieron en un escudo de metal pesado que lo protegía sin siquiera levantar su poderosa espada sin nombre.

Su número de rango cero en el lado izquierdo de su pecho era visible al Emisario a pesar de que había sido lanzado a 6 metros.

"Conozco todos tus movimientos, tendrás que hacer algo mejor que eso para acercarte a mí," dijo *El Señor de la Noche*.

Esto no tiene sentido. Tenemos el mismo nivel de fuerza. ¿Por qué ni siquiera pude hacerle una cortada con mi espada Lluvia Celestial? Para nada tiene heridas.

Luego el Emisario blandió por segunda vez, añadiendo un toque más personal esta vez. Un movimiento especial que no le había enseñado a nadie, debido a su fuerza poderosa. Una vez más dijo "*Lluvia Celestial*".

"Tonto," dijo *El Señor de la Noche*. Te dije que conozco todos tus movimientos. Muéstrame algo nuevo."

Nuevamente abrió sus poderosos brazos y los seis pares de alas coriáceas bloquearon todas las espadas que bajaban del cielo.

Al principio pasó por alto las espadas que salían del suelo. Aunque giró para esquivar el ataque, una de las espadas lo alcanzó en el rostro y la máscara negra desapareció.

~*~

Mientras tanto, Espada Maligna había logrado herir a la mayoría de los guerreros héroes antes de que se fusionaran en sus últimas técnicas más poderosas, necesarias para derrotar a este poderoso enemigo.

Solos, ninguno de ellos era un rival para este

guerrero lleno de demonios malvados.

Una enorme Jabalina de plata voló hacia Espada Maligna y el poderoso guerrero la bloqueó y la rompió en pedazos.

"Ataque completo," dijo Guerrero.

El resto de las armas fusionadas, el Kusarigama, la ingeniosa Bardiche afilada, el Hacha Voladora y la Doble Espada Inglesa Rapier se combinaron en un solo ataque letal.

Espada Maligna trató de esquivar todas las armas poderosas, pero la espada Rapier lo apuñaló y las cadenas de la Kusarigama y el Hacha Voladora le pasaron por el cuello, mientras que las poderosas espadas dobles y largas de Bardiche lo cortaron en pedazos.

Como uno el equipo gritó, *"Reducir a cenizas."* Los guerreros héroes halaron las poderosas cadenas. Sus armas se invirtieron y decapitaron al demonio de Espada Maligna. Se desvaneció como el viento y un hombre herido e inconsciente yacía sobre el suelo.

~*~

Cuando la máscara cayó lejos de *El Señor de la Noche,* el Emisario no podía creer lo que veían sus ojos. El rostro detrás de la máscara le era familiar.

¿Cómo podía ser? Pero no lo podía negar. Su amado maestro *Watsuki Gensai,* estaba ante él. Su *Sensei.*

Sin sentimiento o sin una sola palabra, su antiguo instructor le pasó a toda prisa y liberó su espada sin nombre con un tremendo poder. El golpe cortó al Emisario en varios lugares y lo aventó.

Habiendo acabado con su propia lucha, los guerreros héroes se unieron al ataque contra *El Señor de la Noche*.

Incluso sin su máscara, ninguno de ellos sabía quién era realmente. Con todas sus fuerzas lanzaron todas las cinco armas fusionadas.

"Divídete," *dijo el Señor de la Noche*, y su poderosa espada malvada sin nombre apuñaló a cada uno de los guerreros héroes enseguida.

Gravemente heridos, cayeron al suelo.

El Señor de la Noche flotaba en el aire y rió malvadamente.

"Él es mi *Sensei, Watsuki Gensai.*" Dijo El Emisario. "Le debo todo lo que sé a este hombre. Nunca podría derrotarlo. Es demasiado poderoso para mí."

"Tienes razón," dijo Guerrero. "Tú solo no puedes derrotarlo. Debemos trabajar juntos como uno. Vamos a fusionar nuestras espadas y poderes para derrotar al malvado comandante."

"Estoy orgulloso de ti Daniel, mi digno estudiante. Has crecido mucho desde la última vez que te vi," dijo Watsuki Gensai.

"Veo que también has utilizado tu

conocimiento y se lo has pasado a otros. Como un Sensei estoy orgulloso. Siempre fuiste mi mejor aprendiz y mi favorito. Traté de convencerte de que te me unieras. Traté de traerte para que fueras mi mano derecha, pero eres tan obstinado con tus principios y enseñanzas divinas. ¿Qué ha hecho tu Dios por ti? ¿Dónde está Él ahora? ¿Dónde estaba Él cuando te quité a tu familia? ¿Dónde estaba Él cuando te despojé de todo lo que apreciabas?"

"Él estaba siempre allí," dijo el Emisario. "Esperando a que despertara de mi estupidez. Justo como Él te espera."

"Bah. Sabes que no es cierto. Infiltré los rangos para poder entrenarte. Y sin embargo, todavía estás aquí luchando por tu Dios con este grupo patético de los así llamados cristianos. Ven *Deshi*. Únete a mí y gobernemos juntos. Eso es lo que siempre he querido. Tendrás poder, gloria y riqueza, todo lo que tu corazón pueda desear. Ven y únete a mí."

~*~

Las oraciones de todo el país llegaban al cielo y hasta los guerreros héroes podían escuchar los clamores, las súplicas por ellos en su espíritu. Los santos no sabían por qué estaban orando tan fuerte, pero no podían parar.

~*~

"¿Los escuchas orando por ti?" ¿Honestamente

297

crees que sus oraciones infructuosas harán la diferencia? Ven y únete a mí."

Los guerreros héroes se pusieron de pie y espiritualmente se conectaron entre sí en sus corazones. Con esta nueva conexión telepática podían escuchar las pensamientos del otro.

Emisario, todos contactaron al unísono. *Has sido elegido por Dios. Todos estamos aquí por ti. Nuestras malas experiencias y pérdidas se han vuelto fructíferas para el reino de los cielos. No podemos dar marcha atrás ahora. Fusiónate con nosotros. Vamos a terminar esta batalla.*

El Emisario mostró determinación y falta de miedo y se enfrentó a *El Señor de la Noche.* "Has traicionado tus creencias. Le has dado la espalda al Señor Todopoderoso y hoy es tu día de rendir cuentas."

"Fusión," once voces sonaron y sucedió lo inesperado.

La espada Inglesa Rapier, la enorme Jabalina de plata, Kusarigama, la Bardiche espada afilada y el hacha voladora ancha se fusionaron con la *"Lluvia Celestial,"* creando la máxima arma letal. Cada héroe sostenía una doble maza de tres bolas digna para la batalla de piedra de ébano, con lados de diamantes combinados con la elegancia de los rubíes y brillaban con una penetrante luz plata.

Y toda su armadura se volvió blanca como la

nieve, destellando como el sol. Once guerreros ahora tenían un nuevo nombre de equipo grabado en su pecho por encima de su número de rango *Equipo Precioso.* Justo debajo del nuevo nombre del equipo estaba el número cero.

El Señor de la Noche se enfrentaba ahora con once guerreros héroes con la misma fuerza de él. Sin embargo, su unión hizo a sus oponentes diez veces más poderosos que el demonio que poseía a *Sensei.*

"¿Es broma?" *El Señor de la Noche* no estaba realmente haciendo una pregunta. "Me fusioné con Apolión y nunca ningún insecto me ganará. No importa quién seas o qué tan fuerte seas. No eres nada."

El Comandante Élite levantó el velo y le mostró a Su Equipo Precioso el Ejército celestial, preparado para luchar al lado de ellos. El poderoso *Arcángel Gabriel* era el comandante de las fuerzas celestiales.

"Ahora estás peleando sucio," la voz de Apolión tomó el cuerpo fusionado de sí mismo y de*l Señor de la Noche.* "Ustedes se buscaron esto," gritó. "*Demonios, únanse.*"

Legiones de ángeles caídos aparecieron y se prepararon para luchar con Apolión. *El Señor de la Noche* con sus innumerables fuerzas malvadas rechinó los dientes con impaciencia, dispuesto a pelear.

Frente a ellos estaba el *Equipo Precioso* de Dios sosteniendo sus nuevas y poderosas armas, Maza de Tres Bolas.

El Arcángel Gabriel dio el grito de guerra como comandante del combinado ejército celestial y humano.

Apolión y el ejército malvado se abalanzaron con poder y furia.

Los músculos de cada uno de los del Equipo Precioso se tensaron.

"Resistan. Resistan. Resistan firmes. Aguanten. Aguanten. Aguanten," dijo el Arcángel Gabriel. "Dejen que nuestros enemigos se acerquen antes de responder."

Cuando Apolión estaba a unos seis metros de distancia, el Arcángel Gabriel gritó *"Entablen el combate con las armas ahora."*

Espadas relámpago volaron por el aire y chocaron con las espadas malvadas, cortando a los demonios y reduciéndolos a cenizas. Lluvia Celestial de once pares de mazas de tres bolas, en realidad eran treinta y tres bolas metálicas con puntas puntiagudas que golpearon a los adversarios repetidamente y los derribaron.

Parecía un gran final, cuando una explosión surgió desde el interior del ejército celestial y del equipo precioso.

Relámpagos y truenos y una masa muy concentrada de energía surgieron desde el interior del centro de ellos e irradiaron hacia el exterior. La masa de energía redujo a cenizas todo en su camino.

Hell Town y sus líderes, *El Señor de la Noche y Apolión*, junto con todas sus fuerzas malvadas, fueron derrotados.

~*~

En los días siguientes el Pastor Good nombró líderes para levantar una iglesia en cada ciudad.

Y cada ciudad podía contar con la ayuda del equipo precioso, que ahora trabaja dentro de estas comunidades, llevando a cabo sanidades, milagros y usando sus dones por el bien del Señor.

La luz había triunfado y el coro celestial cantó alabanzas con la seguridad de que las puertas del Infierno no prevalecerán contra la iglesia.

~*~

El equipo aún no estaba consciente de la gran diferencia y los resultados de las batallas de los líderes malvados. Ni siquiera el Emisario. Pensaron que los líderes malvados podían morir en las batallas y en el proceso, pero no habían sido instruidos sobre las repercusiones reales de las batallas.

Los líderes y los comandantes malvados estaban poseídos y fusionados con sus gobernantes malvados, así en la batalla, solo los demonios fueron cortados y heridos. Por supuesto, los líderes humanos malvados eran gravemente heridos cada vez que luchaban en sus formas humanas, pero al fusionarse con los demonios, solo los demonios sufrían el dolor y la pérdida. Al final de cada una de las batallas solo quedaba un individuo inconsciente con heridas graves, pero el Equipo Precioso no lo sabía.

Alguien tenía que decirles e instruirlos, pero ¿quién podría ser?

~*~

Este fue el día más largo en la vida de los héroes, todos tenían una cosa en sus mentes y era liberar a las ciudades de las fuerzas del mal. No tenían tiempo para pensar en los malvados comandantes humanos, menos aún podían comprender su propia fuerza y cómo el Espíritu en ellos hizo todo posible, todavía no entendían quién era *El Héroe dentro de Ti*. Pero ellos lo aprenderían.

Otros libros del autor:

Series del El Héroe en el Interior

Libros de Idiomas

Yeral E. Ogando proviene de un origen muy humilde y continúa siendo un humilde servidor de nuestro Señor Todopoderoso; entendiendo que no somos más que vasijas y el Señor que nos llamó, también nos envía a hacer Su obra, no nuestra obra. *Lucas 17:10* "Así también vosotros, cuando hayáis hecho todo lo que os ha sido ordenado, decid: Siervos inútiles somos, pues lo que debíamos hacer, hicimos."

El Sr. Ogando nació en el Caribe, República Dominicana. Es el padre amado de dos hermosas niñas Yeiris & Tiffany.

Jesús lo trajo a Sus pies a la edad de 16 o 17 años. Desde entonces, ha servido como co-pastor, pastor, maestro de Escuela Bíblica, consejero juvenil y plantador de iglesias. Actualmente se desempeña como Secretario de la Iglesia Dominicana Reformada, así como el enlace para Haití y Estados

Unidos.

Habla con fluidez varios idiomas. El Sr. Ogando es el creador y dueño de un Ministerio de Traducción en Línea que opera desde 2007; con traductores Cristianos Nativos en más de 25 países.

(www.christian-translation.com),

Lo más emocionante de su Ministerio de Traducción es que miles de personas están recibiendo la Palabra de Dios en su idioma natal a diario y cientos de ministros pueden alcanzar al mundo a través del trabajo de Christian-Translation.com junto con su red de traducción de 17 sitios web en diferentes idiomas relacionados con la Traducción Cristiana.

Comentarios:

Las revisiones pueden ser difíciles de hacer en estos días y tú, lector, tienes el poder de hacer que un libro sea exitoso o un fracaso. Si tienes el tiempo, comparte tu revisión o comentarios conmigo.

Muchas gracias por leer **PODER, El Héroe en el Interior Volumen Dos,** y por pasar tiempo conmigo. Puedes consultar mis otros libros y futuros libros en mi página de Amazon:

https://www.amazon.com/author/yeralogando